歲月在记忆里重逢

养老院访谈录

王国权　吴丹　著

金城出版社
GOLD WALL PRESS

图书在版编目（CIP）数据

岁月在记忆里重逢：养老院访谈录 / 王国权，吴丹著 .—北京：
金城出版社，2017.4
ISBN 978-7-5155-1270-9

Ⅰ.①岁… Ⅱ.①王… ②吴… Ⅲ.①访问记—作品集—中国—
当代 Ⅳ.① I253

中国版本图书馆 CIP 数据核字 (2017) 第 081821 号

岁月在记忆里重逢：养老院访谈录

作　　者	王国权　吴　丹
责任编辑	丁洪涛　雷燕青
开　　本	880 毫米 ×1230 毫米　1/32
印　　张	7.5
字　　数	100 千字
版　　次	2017 年 6 月第 1 版　2017 年 6 月第 1 次印刷
印　　刷	三河市百盛印装有限公司
书　　号	ISBN 978-7-5155-1270-9
定　　价	32.00 元

出版发行	**金城出版社** 北京市朝阳区利泽东二路 3 号 邮编：100102
发 行 部	(010)84254364
编 辑 部	(010)64210080
总 编 室	(010)64228516
网　　址	http://www.jccb.com.cn
电子邮箱	jinchengchuban@163.com
法律顾问	陈鹰律师事务所　(010)64970501

序 言

我们终将有一场触及灵魂的感悟

从黄童到白叟，中间隔着一整个人生。今时往日，我们终将有一场触及灵魂的感悟。而伴随着这场感悟，时而喜极而泣，时而悲伤逆流，时而怒气冲天，时而平静如水……但不管是怎样的情感，不得不承认的是它深深地刻在灵魂上，印入骨髓中。它会在我们不经意间流露出来，被谁看到都觉得有我们独有的模样。

之前很多人都会问一个问题 :“树荫下，搬个小板凳一坐坐一天的老人到底在想什么？”有的人猜测是念念不忘的一段感情，有的人猜测是耿耿于怀的一个故事，有的人猜测是虚空无我的一种境界，有的人猜测是无人倾诉的一缕寂寞，还有人说，时间和空间的交叉反应，会导致老人们的时间变得飞快，一转眼就一天了。

我们关注养老事业 20 多年，接触各种社会型的老人数万名，奉献过爱心百余次，与老人对话无数次，却从未真正地去领悟过他们心中真正所想的是什么。借由这样一个问题，我们决定去完成一个课题，即老人们真正在想什么。我们都知道，这些想法一定会带着他们一生所体验到的故事一一呈现，而这些故事又不外乎恩怨情仇，故甄选典型故事用于体味百种人生。

在采访中，我们又意外地收获了养老院老人的生活现状，在此也一并陈述。我们都知道中国是以孝道文化为基础的古老国度，所以在我们的认知当中，子女赡养老人是天经地义的，老人应该必须和子女住在一起。可是，如今这种模式逐渐不被认可，主要原因是一种传承了千年的价值观与当代生存状况出现了冲突。

我们家中的爷爷奶奶，他们有被赡养、被照顾的需求，可我们却连房贷车贷都还不起，面对结婚生孩子等现实的问题，导致家里几乎所有具备劳动力的成员全都要走出家庭，去赚更多的钱。那么到底谁来养老人呢？请保姆吗？少数家庭可以请得起，大部分人家是请不起保姆的，这就是现实。

越来越多的老人自愿甚至强迫自己的子女把他们送到养老院当中，实际上并非是父母与子女之间感情破裂，而是他们无法承受孤独。他们的心情无处诉说，他们的需求不被提供，更多的是老人在家发生突发情况无人急救。而现在的养老院基本上都有配套的医院，可直接近距离地提供医疗设施，养老院聘请的护理师全部都要经过资格认证，可以更好地照顾老人。养老院建设的意义正在于此，不仅保障了老人养护康复的需求，而且能够及时与老人建立沟通，让老人可以更好地发泄内心的情绪。

在多次沟通当中了解，老人们的世界并非大家所认知的那样混沌，反而因一生足够多的经验变得心胸开阔，容得下更多难言之隐，摆得清道理。也正如人们所猜测的那样，他们其中一部分人怀揣着耿耿于怀的故事，一部分人面带笑容看透生死……

本书甄选典型故事二十余篇，包括四个章节“在最热闹的地方感受最孤独”“也许哪一天就心想事成了呢”“耿耿于怀的人和事也都老了”“所谓真的放下大概就是生死笑忘”。这二十余篇故事不外乎人生的七情六欲，但凡尘俗世若能执着一辈子，再没意义的事也会变得有意义。

有些故事，谁说他们老了，就会忘了呢？

目　录

第 1 章
在最热闹的地方感受最孤独

大抵是有太多的口不对心，才让我们既无法深刻地理解别人，也无法被别人理解。就这样，一直被误会着，一直期待会有人懂。直到我们再也谈不动感情，再也讲不清道理，才开始将心底的话全盘托出，谈出来的是孤独二字，说不出口的仍是孤独。

有时候，我一到晚上就会害怕

“我叫海云。”她从门里探出头来，来不及摘掉挂在额头上的门帘条，目送我离开，小声地说了这么一句。

海云，今年已 76 岁，是一位可爱又热情的老奶奶。我采访她两个多小时，相谈甚欢，竟然忘了询问她叫什么名字，还得让老太太追出来特意告诉我，这让我实在难以释怀，惭愧了很久。

海云来到养护康复托管院已经 4 个多月了，当我请求护理师向我推荐一位性格开朗的老人时，护理师马上就想到了她，并且把我带到了她的房间。

那天，天气相当不好，大雨滂沱，新闻上报道许多地区已形成洪灾。我们推开海云房门的时候，她正在兴致勃勃地打电话，一个人的屋子热闹得像是一群人一样，见到我们进去，她有一丝诧异，先是向窗外望了望，转而对我们说：“（这么大的雨）你们干啥来了啊？”

她得知我们的来意，惊喜万分，连忙利索地将床上的衣服往身后掖了掖，示意我坐下，然后急匆匆地挂了电话。

我们的对话，就这样，在突兀与惊喜中展开。

“我不愿意跟那些老头老太太聊天，就算不下雨，我也不爱出去找他们聊天。有时候，天气好，他们就爱坐在树荫下面聊天，我不爱去。”

“哦？为什么这么说？”

“他们啊，有的说话不利索了，有的头脑不太清晰了，有的脾气不怎么好。我还是喜欢跟年轻人聊天，就刚才那个小丫头（护理师）特别好，人又善良又可爱，经常过来找我聊天，给我解闷儿。别说，这里的小丫头们（护理师）都挺不错的，一天得来上三四次，一会儿看看这个，一会儿检查检查那个，我倒是方便不少。”

“省得您孤独寂寞了。”

“嗨，我不寂寞，我儿子闺女经常来看我，给我买好吃的。你看（指着电视旁边的小桌子）桌子上都是他们买来的零食，非要给我买，可是你说我一个人，哪儿吃的完啊，每次都剩下不少，最后烂了也给扔了。每次我都说别买那么多，吃不了吃不了，就是不听，儿女孝顺啊，就怕我吃不好喝不好，其实我过得好着呢！来这儿4个多月了，养着身体，膝盖都不怎么疼了。对了，你吃点不？我这儿有大红枣，刚洗的。”

“不吃不吃，谢谢您，儿女孝顺是好事，来这儿生活，是儿女给您选择的吗？”

“还真不是，是我自己要求来的。我刚来这儿的时候，大儿子根本接受不了，非说会被别人笑话，家里挺富裕的，住的是别墅，又不是养不起我，别人还以为他们不愿意养我呢，所以他心里不得劲，还跟我生了一顿气，娘在养老院，他们觉得脸上挂不住。是我自己非要来的，现在儿女都长大了，连孙子都结婚生了孩子，大家都住在一起，我还住在家里乱掺和啥啊。原先，我还能在家里给大家做饭，我做饭可好吃了，这几年不行了，腿（膝盖）疼得厉害，孩子们都上班，也没时间陪我，整天待着也没意思，还不如来养老院静养，还有这么多人陪着。”

“腿受伤了？”

海云小心翼翼地将裤腿撩开，一层一层，一共穿了三条秋裤。膝盖水肿得有些肥大，她拿手稍微戳了戳，看起来很痛苦。

“不知道是不是年纪越来越大了，我这腿肿得严重，也可能是年轻时干活累的。我现在都穿三条秋裤，怕冷，怕被风吹着。”

“您家里有几个孩子？”

我帮她把腿盖好，继续和她交谈，海云是个健谈的老人，不需要我过多的话语，她也能够侃侃而谈。

“我家里有五个孩子，三个姑娘，两个儿子。”她掰着手指头数着，脸上洋溢起幸福的笑容，“原先我们那个年代的人，都以生儿子为骄傲，尤其是农村嘛，当时我结了婚头胎生了儿子，我家老头子特别高兴，家里人对我也很好。但是我家老爷子说生一个可不行，必须得生两个儿子！后来，我又怀孕了，是个姑娘。然后又陆续生了俩姑娘，我家老爷子就在想，是不是要不上儿子了。结果，上天还挺照顾我们，最后一个是小儿子。老爷子别提多高兴了，其实我们生儿子也不是为了养儿防老，主要是为了给孩子找个伴儿，你说我们没了以后，孩子得多孤独。还是现在这样好，五个兄弟姐妹，一有事都往一块凑，齐心协力，没有什么办不了的事儿，你说是不？现在的家庭，就一个独生子，以后得多孤独，要是遇见个什么难事，也没人照应。”

“嗯，您说的这些，也确实是个理儿。”

“是呀，现在的年轻人都比较自由，比较自我，也没我们那会儿那么重视家庭了。其实也有好处，但如果以后有个事了，都没个帮衬的伴儿。就我们家这五个孩子，各个都特别听话，学习成绩又好，又不打架。人家街坊四邻都问我：‘你家怎么教育的孩子，从来没听说你家孩子闹翻过。’我跟你说，我们家大儿子学习成绩特别好，领着这帮兄弟姐妹各个都那么优秀。我家大儿子以前是我们省电影院的院长，管播放电影的。后来被北京的领导看中了，调到北京来了。后来退休了，自己做点生意，也赚了不少钱，几个兄弟姐妹一起合伙干点事，根本不用我操心。”海云说起自己的几个子女，立刻精神起来，越说越起劲，比那个年代上战场杀过敌人还自豪。当然，哪个老人不希望自己的儿女有出息呢?

可是，我又问了一个看似正常的问题，让活泼健谈的海云，一下子消沉起来。

“还是您和老伴儿教育得好，对了，您老伴儿呢? ”

海云先是沉默了一会儿，随即她故作轻松地叹了口气，“前年就去世了。其实，他去世了也好，省得我整天担惊受怕。我老是跟儿女们念叨，我一到晚上就害怕，我被老头子给吓坏了。老头子大我几岁，也是个文化人。那年头啊，日子过得算不上苦，但也不怎么舒坦。突然有一阵子，老头子莫名其妙地就疯了。怎么说呢，那个吓人啊！脑子有问题的人，也没法交流，发起疯来，谁也控制不住。幸好子女们那会儿已经长大了，不然我一个人可承受不了这样的打击。他疯了还打人呢，就这枕头底下，经常藏着一把刀，他每晚上都把刀藏在这里，没准大半夜就起来冲我一顿嚷嚷，手里还挥舞着刀。吓人不？谁也体会不到我的那种感觉，特别害怕。可是，没办法，老伴儿一辈子也不容易，清醒的时候还是挺疼我的。我又不能伤害他，又不能把他送去精神病医院，我也舍不得他，有什么好吃的都给他，子女有什么好吃好用的也都想着他。现在，他走了，我一个人经常在晚上害怕，害怕黑，害怕万一有什么冲进来。说来也奇怪，他没走的时候，我也害怕，但跟现在不是一种感觉。所以，有时候还挺想他的，可是，人嘛，总有一天要离开，我想，我也就再坚持几年，也该去找他了吧。我每次这么说的时候，儿子就皱着眉头嗔怪我胡说，但是，谁不是这样呢？一辈子，一转眼就过去了。你看，就这门把手，我让大儿子给我安上了锁，就是怕晚上一个人害怕。”

“您一个人害怕，干吗不在家里住？反而要来这儿呢？”

“原来我家儿子开过饭店，生意特别红火，我就给帮忙打理，每个月几万块钱跟玩儿一样，我年轻时做文职，算账啊，管理啊我都会，连买菜我都管。我做饭也好吃，家里的饭都是我做。他那个饭店交给我，他也放心，我给他赚了不少钱。但是人老了，身体就跟不上了，你瞧（掀开上衣），我去年肚子里长了一些瘤，做了个大手术，迷糊了好几天，腿也不利索了，我就不干了。心想着哪天没准我就找老头子去了，自从我不干了以后，他那个饭店也不如原来那么挣钱了。没办法，我得养着身体，才能多陪陪他们。我们家是个大家庭，儿子、儿媳、孙子、孙媳都住在一起，我生活得不自然，我还不如搬出来住呢！有一天，我和闺女溜公园，看到公园发的传单上有关于养老的信息，我就留了个心眼，回来就自己打了电话，执意要过来，我大儿子刚开始可生气了，心里承受不了，但是时间久了，他也接受了。最开始我是跟一个老太太同住，后来给我换了这间屋。我一个人住一间屋，经常会梦到我家老头子又拿刀吓唬我，吓得我东躲西藏，一晚上吓醒好几回。有时候，我一到晚上就害怕，害怕他又回来找我。”

初次见面，海云是个外向且活泼的老人，穿着枚红色鲜艳的线衣，烫着时髦的卷发，屋里物品摆放整齐，空气中流动着清新的芳香，完全没有七旬老人的模样，反而将老而精炼演绎得很好。她对子女的自豪感，对生活充满希望的姿态，都让人肃然起敬。

护理师说海云经常会一个人打电话，也喜欢跟别人聊天，每次路过海云的房间，都能听到里面传来热闹的欢声笑语。可是，谁又能真正明白她这颗火热的心里藏着什么呢？

海云说：“有时候，我一到晚上就害怕。”我不知道她是怕我没听清楚，还是故意强调她的心声，反反复复地说了十几遍。她的脸上一直挂着笑容，除了提到老伴儿的时候，掠过了一丝失落，其余时间她把自己调整得很好，没有再表现出来。

我想她说这句话的意思，其实是想告诉我：人生诸多无奈，许多事情无法选择，就像她老伴儿变成了一个精神有问题的人，就像她不得不承认自己的身体状况不如从前，可是不论这一生如何度过，老伴儿是个什么样的人，她还是想他吧。

人们总是有意无意地避开“年老”这个话题不讲，似乎就是怕遇到这样难以释怀的悲苦与无奈，哪怕我们的人生足够美满，也无法让其停留。而岁月如耳聋的孩子，听不见我们的呼喊，一路狂跑，任你追逐。

海云表面的热闹与内心深处无限的孤独形成了鲜明的对比，让我在面对她的笑脸时，多少有一些于心不忍，并不是对她的情况致以同情，而是对她能够自行化解现实的遭遇和心中的孤独，反而呈现出一副开朗的模样感到无奈。

我们站在人生的道路上，一路拼搏一路走，时而慷慨激昂，时而疾苦悲壮，可单就无法选择命运这一条，便足够说服我们必须去释怀。

海云是我见过最开朗的七旬老人，心中却也有着不为人知的过去和无法抹去的忧伤和孤独，那么其他老人心中所思所想，大概不得而知。

后来，因为工作，我又去了一趟厚德养护康复托管院，我遇见了她，我问她是否还认识我，她定睛看了我很久，却答不上来。我想，岁月在悄无声息地抹去她的记忆，连同好的坏的一块儿都抹去，或许这样她就能平安度过往后的日子。我提示她，她才握着我的手，点了点头。我猜，她万万不会把那个让她触目惊心又爱又恨的老头子忘掉吧，即使他再也不会像我一样出现在她面前。

临走，她穿着那件枚红色的线衣，远远地站在柳树底下，乘着温热掺杂着微凉的秋风冲着我微笑。她主动向我走来，握着我的手说："我们交个朋友吧，有时间你来坐坐，我请你们吃饭，请吃个饭我还是请得起的。"

那一刻，她像一个年轻的小姑娘，对这个友善的世界告白。

一场梦境怎么能悄无声息地偷走记忆

陈爱英老人是我早就跟护理师预约好要采访的一位老人，因为老人患了老年痴呆症，时而清楚时而糊涂，所以预约了好几次都没能成功。强大的好奇心驱使我坚持要等到她清醒为止。护理师告诉我，她清醒时说起话来思路还算清晰，只是糊涂时，话语就颠三倒四。她好心地建议我，养老院里健谈开朗头脑清晰的老人很多，跟他们往往能聊上一整天，不如换一位。我也曾动摇和犹豫过，可每当我的脑海中浮现出老人独自坐在树荫下，凝神远望的样子，我就忍不住想要知道，老人心里到底在想什么？她在清醒的那一刻，又愿不愿意敞开心扉地和我聊聊，允许我把她写进故事？

有人说，老年痴呆症会让人的记忆一点一点地消失，直到忘记所有的人和事，那些开心的或不开心的事情，哪怕当时这件事曾让你痛不欲生，甚至有抽筋扒骨的疼，都会如云烟一般消散。这是一个十分残忍的过程。试想，一个风烛残年、满目疮痍的老人，除了抓住些记忆，还能拥有什么呢？出于善意的怜惜，我想帮老人留下她头脑中还残留的一点记忆，哪怕是残缺的，哪怕只有一点，在它们彻底消失前，让它们换一种方式留下来。

那天，护理师一大早就给我打来了电话。消息是，老人的状态不错，应该可以顺利沟通。听到这个消息，我有一种油然而生的惊喜，感谢上天给了我，也给了这位老人一个留下记忆的机会。

阳光透过密密层层的树叶洒在院子中，随着清风在柏油路上留下斑驳的影子。房前的小菜园里，一朵朵黄色的瓜花，引来蜜蜂无数。偶尔会有菜园的大爷驱赶想要偷嫩瓜的孩子们，逗得养老院的老人们咯咯地笑。

转过一个弯，在最茂盛的柳树下，我遇到了陈爱英老人。她举着颤颤巍巍的手给身旁的老姐妹儿说着什么，走近了才听清楚："这瓜花也能吃，裹上粉面，放进油锅里一炸，炸出来的样子就像是条小鱼一样，外酥里嫩，咸味中带着点瓜花的酸甜味。我老儿子最爱吃了……"

正说着，回头看见了我，立刻换上了一副友善的笑容，像是多年不见的老友叙旧："你来了！我听照顾我那小姑娘说今天有人来看我，来，进来吧。"老人站起身子，推着手中的助行车，领着我进了她的屋子。

老人的房间收拾得很干净，被子叠得整整齐齐。

“坐吧。”老人拍了拍床铺，对我说。

“您今天气色不错呀！”陈婶（陈爱英，以下均称陈婶）穿着一件卡其色的开衫线衣，配了一条腿边绣着花的灯笼裤，精神劲儿十足。

听到我的夸奖，陈婶不好意思地笑了一下，说：“现在老了，不像年轻时候爱穿了。”

“您年轻时候做什么的呀？”看陈婶的样子，不像是一般家庭妇女，她总是将自己收拾得很得体。

“我年轻时候在税务局上班。退休的时候是局长。”陈婶漫不经心地回答。

我倒是被这个答案吓了一跳，开玩笑似的说：“呦，那您还挺厉害呀！”

“厉害啥呀！”陈婶说着，叹了口气，又接着说，“再厉害还不都是个想念儿子的妈，还不都是操心的母亲吗？”

“哦？”

“我儿子总不来看我。这么些年了，就我和我老伴两个人过年。年底包上一锅饺子，吃两顿都吃不完。老伴去世以后，就我一个人了，我连饺子都懒得包了，就买点现成的，回家煮煮就算过年了。有时候我就问他们‘我还能有几个年？’他们答不出。我知道，他们是为了生活。可为了生活，连老爹老娘都不要了？我看见别人家儿女成群的，我这心里就堵得慌。”老人撇着嘴说。

若说新时代带给我们的飞速跨越是难以接受的，那么从繁华到虚空，从喧嚣到寂静，对于这位从领导岗位退下来的老人而言，倒是没什么比期待母子团聚更煎熬的事情了。

“我经常见您一个人坐在树荫下，眼睛看着远处，一坐就是很长时间。那时候您在想什么呢？想您的儿女？想您的老伴？”我终于按捺不住，问出了积压在心中很久的问题。

“我能想什么呢？什么也没想，大脑中就是一片空白。我整夜整夜地睡不着觉，就这样坐在床上，睁着眼睛等天亮，头脑里一片空白。”老人歪着头，努力思索着，回想着每一个让她彻夜难眠的夜晚。

“不想啥，您咋不睡觉呢？”我问她。

“睡不着呀，也不敢睡。有时候睡醒一觉起来，发现周围都是我不认识的人，我也不知道自己在哪里。我心里就害怕，我就不敢睡觉。怕自己睡着了，再醒来时，这个世界又变了。变得我不认识了。”

原来，在我们眼中始终无法更变的世界，无可救药甚至憎恶的世界，在老人的脑海中整天都在变换。而这种变换让她惊恐，让她不敢睡去。老人对我讲出她的恐慌，让我无言以对。我不知道该怎么告诉她，这个世界没有变，一直都是她所熟悉的样子，只是她不记得了而已。

见我许久不说话，老人开口说道："谢谢你，跟你说说话，我这心里舒服多了。"老人说着，用手拍了拍胸口。

我们彼此沉默着坐了很久，我试着体会逐渐把周围的世界都忘了，该是怎样一种感受。而老人似乎因为我们的聊天，想起了什么。就在我准备离开时，老人又告诉我，在她老伴去世后，她养了只猫，想要说话时，她就跟猫聊天。

"我那只猫呀，通人性。我跟它说话的时候，它就躲在我怀里，两只眼睛盯着我，竖着耳朵听。有时候说到高兴的地方，它还'喵呜'两声；有时候我心情不好，它就用爪子挠挠我。别提多乖了。这么好的猫，可惜了，命没有我长。它吃了有毒的东西，死了。那天我早晨一开门，感觉什么东西挡在门口了，用力一推，一看是我的猫，嘴边还吐着白沫沫呢……后来我儿子说再给我买一只，我没让买，心疼不起呀。"陈婶叹了口气，为她那只懂事的猫。

人只有到了某个年纪，才会知道，一个人的日子实在难熬，尤其是在空荡荡只有自己的房子里，孤独就会被放到无限大。

忽然有一天，陈婶发现自己的记忆开始出现了问题，刚刚发生的事情，她却怎样也想不起来了。她感到很恐慌，可她无法将发生的事情一件一件地记下来。

因为害怕忘记，陈婶不敢睡觉，她怕自己一觉醒来，连自己是谁都忘记了。她将全家人的照片都放在床头，隔一会儿就拿起来挨个认一遍。认着认着，就忘了其中一个。终于有一天，在出去买菜的时候，陈婶忘记了回家的路。她在大路上来来回回地走了很多遍，就是不知道哪个才是通往自己家的方向。

我刚要去安慰陈婶，她却忽然皱着眉头不说话了。她的眼睛一眨也不眨，过了一会儿，目光才又重新聚焦在我身上，看着陈婶一脸的疑惑，我才反应过来，陈婶这是又糊涂上了。我试着与她沟通，可她要么听不懂我在说什么，要么就是答非所问。我知道这场采访该结束了。

后来，我意犹未尽地与陈婶的护理师聊了很久，才知道陈婶迷路的那天，一个邻居看出了陈婶的异样，将陈婶带回了家，并给陈婶的儿子打了电话。

陈婶的儿子风尘仆仆赶来时，一声“妈，儿子回来了！”换来的却是陈婶面无表情的回应。他才顿悟，原来苍老和衰退就是那么一瞬间的事情。

儿子将陈婶接到了北京，看了很多医生，每个医生都说，这个病没办法逆转了。只能想办法延缓，以免恶化得太快。儿子给陈婶开了最好的药，可是他工作很忙，白天基本都是陈婶一个人在家，她有时候就忘了吃药，有时候是吃了又忘了，然后再吃一遍。

陈婶的儿子又为了陈婶雇了个保姆。前后雇了好几个，都因为陈婶的病情总是反反复复，保姆干不下去了。于是，陈婶就这样被送往了托管院。据照顾陈婶的护理师说，其实陈婶的儿子经常来看她，只是有时候她能记住，有时候儿子前脚走，后脚她就忘了。或许她的记忆已经停留在了过去，那些独自一人看电视、逛街、睡觉和与猫说话的日子里，凝结了她一辈子的孤独，也让她一辈子难以忘怀。即使不认识儿子的模样，想念儿子的心却始终都在，即使梦境是一个神偷。

可是，要问一句，为何一场梦境能悄无声息地偷走记忆？如果我们的父母最后连一点热闹的记忆都留不住，唯独剩下孤独，那岂不怪罪我们？如果赶在父母一觉醒来什么也记不得之前，我们能把关怀和陪伴给他们，那这场偷记忆的梦境来时，我们是不是要好过一点？

几乎每个儿女都会有害怕父母碎碎念的时候，就好像孙悟空怕唐僧的紧箍咒一样。直到很多年以后，我们才恍然大悟，真正让人害怕的是，我们非要等到他们动不了的时候，才明白，他们向我们碎碎念的那些生活琐事，只不过是在告诉我们，他们已经处在人生的最后阶段了。

走出陈婶的房间，我抬头望去，不远处的屋檐下有个燕子窝，里面或许还有许多小燕子，一只大燕子飞来飞去地忙忙碌碌，时不时地飞回到窝里看一眼。我不禁想到，如果有一天小燕子长大了飞走了，燕子妈妈该怎么办呢？它会在孤独和寂寞中死去吗？

用一群人的狂欢来驱赶孤单

“十六年啊，我又当爹来又当娘，含悲忍泪，蒙屈含冤，度日如年……”秦大爷的嗓音称不上出众，甚至因为长年累月的吸烟，导致喉咙有些沙哑，但是他却唱出了那种千回百转、如泣如诉的感觉。对豫剧不太了解的我，也跟着大伙鼓起掌来。后来我才知道，秦大爷那天唱的是《赵氏孤儿》中的一个片段。人群中，秦大爷显得分外活跃，兴起之际，还唱起了他家乡的戏曲——豫剧。

得到了大家的肯定，秦大爷的脸上露出了些许得意之色，又开始向周围的人滔滔不绝地说起了什么。其实这个秦大爷算是托管院的红人了。为什么这么说呢？因为这里的医生、护士、护理师，包括这些老人，都认识他。不过他最初红起来的原因却是因为他事特别多。比如：护理师们打扫房间都是安排好的，但是他非要人家先打扫他的房间，他还会大嚷大叫，还说要找领导投诉。

再比如，遇到了什么事，他就非要讲出个所以然来，就是爱较真，必须得分出对错。这个毛病也很让人头疼。听秦大爷的儿子说，有时候为了避免争执，宁愿选择少跟他说话，或者不跟他说话。

起初，大家都不太喜欢这个倔强的老头。随着相处时间变长，大家慢慢发现，这个倔老头身上，也有很多可爱的地方。他身体不错，所以经常帮着大家做这做那，有了什么好吃的，从来都先想着给大伙分点。而且大家还发现，秦大爷心情好的时候，还挺幽默，经常说一些有意思的事情，逗大家开心。渐渐地，只要有秦大爷的地方，保准是人最多的地方，当然说话声音最高的那个人，永远都是他。

秦大爷坐在一群人中间，就像是个说书先生。“我以前在老家的时候，人缘特别好，就连我们大队书记见了我，都得先跟我点头。谁们家要是有个喜事，都会请我去当司仪，主持现场。有家长里短说不清楚的事，也会找我主持公道。”

看着秦大爷夸起自己个儿来没完，大家都笑了。负责照顾他的护理师问：“秦大爷，您光说人缘好了，咋不说说自己为啥人缘好呢？”

秦大爷一看有人揭自己短，也不生气，继续笑呵呵地说：“这有啥不能说，又不是什么丢人的事。我儿子不是每个月都给我寄生活费吗？我就把他给我寄的生活费请全村人吃饭，好家伙，那热闹的，跟娶媳妇似的，我看着就高兴。我这人呀就怕冷清，老伴走以后，老家就我一个人了，晚上还好说，闭上眼睛睡觉，啥也不用想。但是到了白天，出来进去都是一个人，一个人看电视，一个人坐着，一个人吃饭，那种孤独的感觉，就像是……就像是一把刀，一刀一刀地划在我的心里。所以我就请客吃饭，一请客吃饭，大家都来陪我了，我吃得香啊。气就气在，有时候请人家吃饭，人家都不来，我还是得一个人吃。”

秦大爷说完，大家脸上的笑容渐渐凝固了，护理师之前只是听说老人曾把一个月的生活费都用来请客，但是也没有想到这请客的背后，竟是一个老人对孤单深深的恐惧感。

人群中渐渐传出来各种声音，有的说：“那是你儿子孝顺，还给你钱，有的儿子不给你钱，你都没钱请客吃饭。”有的说：“我老伴走后，我也是一个人，那感觉确实不好受，屋子里安静得掉根针都听得见。”还有的说：“我比你省钱，我养了只八哥，天天教它说话，寻思它学会以后，屋子里还能再有个出声的。结果你们猜，那畜生玩意儿学了个啥？”

大家的胃口立刻被钓了起来，异口同声地问道：“说啥啦？”

“我不是教他说话吗，我教它叫‘爷爷’，它不说，我就气得骂它‘笨蛋玩意儿’，结果，‘爷爷’没学会，学会了‘笨蛋玩意儿’，天天对着我喊‘笨蛋玩意儿’，‘笨蛋玩意儿’，嘿，给我气的，真想摔死它。后来它真死了，我心里还难受了好几天，你看，连个骂自己‘笨蛋玩意儿’的都没有了。”

听到前面，大家还笑得前俯后仰的，秦大爷把眼泪都笑出来了，但是听到最后一句时，大家的笑容集体消失了。秦大爷走过去拍拍那人的肩膀，说：“我跟你一样，一个人在家的时候，就是想儿子，想孙子。”

一个老人接着说道：“你是养八哥，我是养狗，你们知道我最多的时候，一次养了多少条狗吗？”

大家纷纷摇头，老人得意地伸出四根手指头，说：“四条！我伺候这几条狗拉屎撒尿，一天的时间都不够用。”

“那你现在住这来了，你那些狗呢？”一个老人问。

“都送儿女家去了。其实我也不是那么喜欢狗，只是儿女们喜欢，尤其是我那小闺女和姑爷，两个人见了小狗就走不动路。起初我养了一只，我就发现他们回来的次数勤了，虽然一进门就是逗狗玩儿，但是至少我也见见他们。他们跟狗玩儿，我就上街买吃的，给他们做饭。看着他们吃得狼吞虎咽，我这心里就特别满足。有时候他们还会为了看两眼小狗，给我发视频电话，我就抱着狗跟他们视频，日子过得就不显得孤单。去年冬天，我出门遛狗，一个没站住，摔倒了，把骨盆摔坏了。这不，现在还在轮椅上坐着呢，自己都管不了自己了，哪还能管狗呀，就都让儿女们领走了，我一个人住进了养老院。”

秦大爷听到这，忍不住皱着眉头发问：“你儿女有时间管狗，没时间管你呀？”此言一出，大家纷纷附和起来。

老人连忙解释：“他们也说让我跟他们住，可是我能跟狗一样吗？狗至少能够自己吃饭撒尿，我还得人手把手的伺候，就不给他们添乱啦。”

老人话音落下，大家又都集体改变了思想，不住地点头称：“是，说什么不能给孩子们添麻烦。”

聊着聊着，夜幕开始降临，人们都陆陆续续地走了，热闹的小院一下冷清了下来。秦大爷独自一人坐在夕阳下，落日拉长了他的身影，渐渐地，太阳也下山了，秦大爷依旧独自坐在那里。我走了过去，表示自己白天听了他的故事很动容，所以还想跟他聊聊。

他听到有人跟他说话，立刻转过了头。我又把自己的话重复了一遍，秦大爷认真地听完，说：“你不会觉得我儿子不孝顺吧？他挺孝顺的。”

我看着秦大爷着急为儿子辩护的样子，连忙说：“我没有觉得您儿子不孝顺，就是想再听听您讲故事。”

“嗨，没啥好讲的了。我当了一辈子的农民，供出来一个大学生，我很为我儿子骄傲。我老伴走后的第二年，儿子听说我一个人在老家孤单，就把我接到了北京。他一个人在外闯荡不容易，房子才八十多平方米，住着他们一家三口，还有我儿媳妇的母亲，我再一来，就更挤了。我每天看着我儿子媳妇白天上班，晚上回来还要照顾完老的，照顾小的，我却什么忙也帮不上，我这心里呀，就挺不舒服的。去年，我儿媳妇的母亲得了脑血栓，一下子躺床上动不了了，花了好多钱看病不说，我儿子媳妇就更累了。有一天，我看见我儿子一个人在阳台上抽烟，他心里烦，觉得房子太小了，没有让家里人住舒服，觉得自己没能力。我看见他发愁，我这心里也跟着愁。

“见不到孩子的时候，我确实想，但是我不想给孩子们添麻烦，不能成为他们的累赘。所以我就自己来养老院了，我自个儿攒的那点钱，够交到我死了吧。这样挺好，孩子们省心啦。”

秦大爷话虽这样说的，似乎想表达自己的满足感，但是我却分明听到了话中那深深的失落。

“那您儿子来看您吗？”

秦大爷回答说：“刚开始来得挺勤的，我就说，你要是工作忙，不用总来。后来渐渐地就来得少了。”

老人脸上的表情跟白天里的意气风发形成了强烈的反差，所有的孤独和落寞都写在了脸上。过了一会儿，秦大爷又补充道：“孩子都忙，大城市生活不易，我能理解。况且，我在这挺好的。”

说完，老人向我挤出了一个笑容。

我离开的时候，看到老人眼里暗淡光彩，不禁替这个时刻都为儿子着想的老头心疼。说实话，在养老院中，老人确实能够得到最好的照顾，还能和身边的老头老太太们聊聊天，解解闷儿。但是儿女们在老人心中的位置，是谁也代替不了的，他们并不需要儿女给他们多少钱，买多少东西，只是希望儿女们能够在自己闲暇的时候，多来看看他们，陪他们说说话，或者坐在一起吃顿饭。

我害怕自己会孤单地死去

郑玉芳老人，是我在一次偶然的机会下结识的，但是她身上的故事，却让我的心久久不能平静下来。

那天，我走过她的房间，透过窗户，看到她正费力地起身，因为腰撑不住上身，整个身体就犹如一只大虾般，曲躬九十度。我看她动作艰难，一边扶住她一边问："您要干什么？我来帮您。"她用力地昂起头，看到我的脸后，眼中闪过一丝失落，身体再度佝偻下去，伸出干枯得犹如枯树枝一样的手指，指着里间。

"您要去卫生间？"我问，她点了点头。我把她扶进了卫生间，看着她动作缓慢地如厕，再扶她回到床上躺下，老人没有说话，缓缓地闭上了眼睛，不再理睬我了。我有些无聊，只好悄悄起身离开。在走廊里我遇到了老人的护理师，便询问起老人的情况。

护理师说："老太太可怜呀！要不是街道居委会出面，老人可能就要睡大街了。住进来的那天，身上的衣服都是臭的，头发上还有虱子。因为长期的营养缺乏，老人的两条腿严重浮肿，上面的皮肤绷得发亮，脚上的皮肤都有些溃烂了。来这之前也不知道饿了多久，第一顿饭吃得有点多，结果把大便解在床上了，我给她收拾的时候，老人一脸的愧疚，我忍不住安慰她，让她别紧张，别着急，说很快就给她换洗干净了，老人一听这话就哭了，流出来的泪都是浑浊的。"

"那老人的儿女来看她吗？"我问。

护理师告诉我说："就送老人来的那天，来了一次，进来把行李往地上一扔，都不帮老人铺好。然后几个儿子就为了费用的问题，差点在这里打起来，谁也不愿意多掏一分。这都快半年了，也没见她哪个儿女再过来看望过。"

我听到这里，心里不免感到愤懑，忍不住说道："这样的人，真的存在吗？"护理师撇撇嘴巴，没有回应我。

那天离开之后，我的脑海中就经常浮现出郑大妈的样子。后来可能是见我经常出入这里，她对我也渐渐放下了戒心，在一个阳光温暖的下午，郑大妈向我说起了她的往事。

郑大妈八岁那年，家乡闹饥荒，父母带着她一路走一路要饭地来到了河北，在河北，父母将她卖给了一户人家做童养媳。当时，父母领着他们四个孩子，到那户人家要饭。看见那户人家有一个儿子，家境也不错。郑大妈的父母就想着孩子跟着自己也是吃苦，不如寻个好人家，还能换些钱用。于是就打算将大闺女给那家人，没想到大闺女死活不愿意，哭着要撞墙。没办法之下，她父亲看到了躲在妈妈身后的她，便将她拖到了前面。

郑大妈还记得，当时母亲对她说："咱们今天就住大伯家。"她信了，第二天睡醒以后，她便再也找不到自己的父母了。她当时哭闹着要找父母，被当时的公公一巴掌扇在了脸上，说："你已经被卖给我家当童养媳了，再哭？再哭就把你扔进猪圈里喂猪。"

公公凶恶的样子，吓得她不敢再哭泣。之前跟着父母吃不饱穿不暖，但她的心不彷徨。但是从那以后，她没有一天不是在担惊受怕中度过的。因为年龄小，没什么力气，所以郑大妈总是被打，被婆婆打，被公公打，被未来的丈夫打。

"每天早晨鸡一叫我就得起床，起晚了就得挨揍。起来先把炉灶捅开，烧上一锅水，等水烧热了好做早饭。烧水的时候，也不能闲着，得拿个笤帚打扫院子。有一次我扫着扫着，被呛着了，咳了几声，吵醒了我公公，一只鞋就从屋里飞出来，正好砸在我的头上。等公婆醒来，我就得去倒尿盆，然后洗干净，接着到厨房准备早饭。做好早饭，给每个人盛好，自己才能找个地方悄悄地吃。整个上午，不是打扫鸡笼，就是喂猪喂鸭，忙活完这些，就该做午饭了。吃完午饭，又是干一下午的活。晚上最难熬，还得纺线，尤其是冬天，又不给生火，两只脚踩在纺机上，冻得就像被老鼠啃一样。什么时候把婆婆规定的活干完了，什么时候才能上床睡觉。”

郑大妈说着，还伸出她的手让我看，上面结了厚厚的一层老茧，已经辨不出指纹的模样。我眼前立刻浮现出一个被艰难的生活压得无法喘息的弱小身影，忍不住一阵心酸，比起现在女孩那些十指不沾阳春水的养尊处优，老人过得该是多么艰难又无望的生活。所幸，这封建的酸楚时代，已经留在岁月中，久远地离开了我们。但不幸的是，这痛苦却没有远离郑大妈。在郑大妈的心里，没有一天不想着回家，她宁可去要饭，也不愿意在这个家再待一天。

“应该是 10 岁那年，我偷了他家的钱，我想回家找我爸妈，但是人还没开始逃，就被发现了。他们三个人一起打我，我被打得躺在地上起不来，整整一天一夜都没有人管我。我就在那冰冷的地上躺着，如果不是心里总惦记着回家找我爸妈，也许我早就死了不知道多少回了。”

“那后来您找到您父母了吗？”我问。

郑大妈看着我，不答话，许久才问我：“你问我什么？”

我忘了她的听力不好，于是又大声地重复了一遍：“那后来您找到您父母了吗？”

郑大妈这次听清了，她慢慢地摇了摇头，说：“没有，我不敢再偷钱了。过了没几年，我就跟他们儿子结婚了。第二年，我就生了大儿子。后来，我丈夫因工作被调到了这边，我就跟着过来了。”

来到了这边后，郑大妈的生活才算有了些改善，没有了公公婆婆的打骂，她的丈夫似乎也渐渐改掉了打人的行为，只是还会动不动就骂人，对此郑大妈已经很满足了。此后，郑大妈又生了四个闺女和两个儿子。郑大妈每天为一大家子人忙碌，渐渐地，也忘记了自己要回家找父母的念想。

在跟我讲述以前的故事时，可能已经年代久远，郑大妈就像是在讲别人的故事一样，从她的脸上看不出任何表情。可当说到自己的孩子后，郑大妈的声音有些变了。

“我原以为，把孩子们拉扯大，我的好日子就来了，可是我也不知道自己造了什么孽，七个孩子没有一个孝顺的。”

在郑大妈的老伴去世后，郑大妈的儿女们就很少上门来看她了。偶尔来，张口就是借钱，郑大妈攒了一辈子的几万块钱，很快就被几个儿女瓜分出去一多半。郑大妈没有收入，老伴死后就靠着攒的这点钱终老，可儿女们不但不给她钱，还要想办法从她手里要钱。郑大妈催过几次后，见儿女们只借不还，就不再将钱借给他们了，这下他们就更不登门了。

说到自己的二儿子时，郑大妈尤其气愤："我那二儿子，最不孝了。老房子拆迁的时候，他说把拆迁款给他，让他买新房子，以后让我跟他一起住，我就信了，拆迁款全给了他，弄得其他几个儿女对我意见很大，可是他买了新房子后，连说都没有说一声。我知道了，心里气呀，就打听到他的新家，去跟他要钱，他不但不给我，连门都不让我进。我没办法，坐在他家门口大哭，他嫌我给他丢人，竟动手打我。"

因为拆迁的事情，郑大妈其他几个儿女都以为母亲偏袒二儿子，纷纷上门与郑大妈争吵，指着鼻子骂她，骂够了，就再也不管郑大妈了。就算在大街上遇到，看到郑大妈手里拎着沉重的东西，也会装作不认识，连个招呼都不打。

自己还能走时，郑大妈每天就买一个馒头，中午半个下午半个，不舍得买菜吃，就腌点咸菜，每天馒头就着咸菜吃。后来身体不行了，走不动路了，日子就真是过得吃了上顿没下顿了。好在那时候还挨着一个善良的邻居，每次邻居出门买东西，都会问问她捎些什么。有时候邻居家做了点什么新鲜的饭菜，也会送一点给她吃。

其余时间，郑大妈就是一个人躺在小黑屋子里，盯着黑漆漆的屋顶发呆。以前她恨自己的丈夫总是打她，那个时候她变得不恨了，反而开始思念自己的丈夫，至少他还能坐在一边陪自己说说话，至少有他在，自己还有口饭吃。

后来邻居也搬走了，郑大妈就再也没有人管了。不知道是谁，将郑大妈的事告诉了街道居委会，居委会叫来了她的儿女们，但是儿女们却没有一个人愿意赡养她。最终，在居委会的调解下，每个儿女掏一点钱，将郑大妈送到了养老院来。

“你知道我以前最怕什么吗？”郑大妈忽然问我。

我迷茫地摇摇头。

“我最怕有一天我死了，却没有人知道。自己的尸体在屋子里腐烂发臭，引来苍蝇生出蛆。所以，我连死都不敢死，饿得厉害了，我喝过凉水，吃过被套里的棉花。这辈子活着没活出个人样来，就怕死的时候再死得凄惨。那天，来了那么多人，又唱歌又跳舞的，还祝我们晚年幸福，可是我早已经忘记了幸福是啥滋味了。”

郑大妈说完，叹了口气，又继续说：“现在好了，三顿饭能吃饱，也不怕死了没人知道了。”

“那您怪他们吗？您把他们养大，他们却不愿养您终老？”我问郑大妈。

“要说一点也不怪呀，那是假的，但时间久了，心就凉了，对他们不抱希望了，也就谈不上怪不怪了。只要他们能把自己的日子过好，就行啦。”郑大妈低垂着眼皮说。

看着那一刻的郑大妈，我忽然想起了一个故事：父亲给儿子礼物的时候，儿子笑了；儿子给父亲礼物的时候，父亲哭了。天下的父母，大抵都是如此吧，只要儿女安好，他们便是晴天了。

跟我说的话太多了，郑大妈累了，不一会儿便合上眼睛睡着了。护理师在门口向我招招手，我轻轻地起身，关上大妈房间的门，低声问：“找我有事？”

“你跟我来。”护理师拉着我的手，带我走到了护理站，房间不大，但是收拾得利利索索，她背对着我打开了一个抽屉，等再转过身来的时候，她手上多了一对金耳环，脸上写满了惊慌和不知所措。

“这是郑大妈硬塞给我的，她说我比她儿女对她好，所以她把自己身上唯一值钱的物件给了我。我当时说什么也不肯要，可是等我昨天晚上脱衣服准备睡觉的时候，发现这对耳环在我的口袋里，我能肯定就是郑大妈悄悄放在我口袋里的，我问她，她却说这是我的，不是她的。我现在也不知道该怎么办了，就想着给她哪个儿女保管，可是她那几个儿女，只要我一打电话过去，听说是养老院的，立刻就挂了电话，我连说话的机会都没有。”

现在这对耳环就像是烫手的山芋一样，在护理师的手中，还给老人，老人肯定不会要，自己也不能收下，给老人的几个儿女，想想他们的行为，就觉得他们不配拥有。我和护理师面对面坐着，同样的表情，同样的心情，都是不知该如何是好。

“不如这样吧。”我忽然想到了一个办法，“你先保管着，到时候谁来看老太太，你就给谁。”

“那也只能这样了。”护理师有些失望地点点头。

离开护理站时，天色已晚，我又回了趟郑大妈的房间，在房间门口看到她还在沉沉地睡着，我忽然想到，她最后跟我说的那些话。

“我还记得，我娘家没有山，全是平原。我家有三间土房，门前有一条河。我有一个姐姐，两个哥哥。我爸个子很高，脸黑黢黢的。我妈是小脚，嘴边有一颗痣。我只能记得这么多了。这些我时不时都会回想一下，我怕自己忘了。这辈子可能再也回不了家了，就放在心里，做个念想吧。”

看着老人熟睡的侧脸，她终于能睡个安稳觉了，不用再担心自己在睡梦中死去，不用再担心自己生前无人问津，死后也无人知晓了。

一个人再勇敢也抵不住孤单

常月英老人今年 70 岁整，她长着一副大脸盘儿，单眼皮但眼睛很大，被阳光晒得黑红的脸蛋上长着一对酒窝。因为患有轻微的脑中风后遗症，常婶每次说话和笑的时候，嘴巴都会一抽一抽地歪向一边，走路的时候，左腿也有些颠。

来养老院之前，她刚在家度过了自己的七十大寿，当时一大家子人在酒店，包了两桌酒席，给她热热闹闹地过了个生日。大家觥筹交错之际，常婶忽然提出，过完这个生日，自己就要住进养老院了。在场的人还都以为老人在开玩笑，结果没想到回了家后，老人就真的收拾了行李，住进了养老院中。

虽然行动有些不便，但是常婶却很讲究干净和卫生，她的碗筷都放在一个红色的带盖的小桶里，食品放在另一个带盖的小桶里，她的漱口杯和脸盆，都倒扣在洗脸架上，两只手的手指甲总是修剪得干干净净。有一次，我看见常婶用一把大大的剪刀给自己剪指甲，吓得我目瞪口呆，生怕她一个哆嗦，剪子就剪下一块肉来。结果证明我多虑了，常婶下手很有分寸，不一会儿，两只手、一双脚上的指甲就修剪得整整齐齐了。

细想起来，我从未坐下来好好跟常婶聊上个把钟头，不是我不愿意，而是常婶实在是个闲不住的人，常常聊不了几句，她就会被其他人或事，又或是别人聊天的话题所吸引，然后就全然不顾我的存在了。所幸的是，从她断断续续的叙述中，她大半生的故事已经呼之欲出了。

常婶三岁的时候，她的亲生父亲在村里池塘捞鱼的时候淹死了。第二年，母亲带着她改嫁给了一个带着五岁男孩儿的男人，从此她有了继父，也有了一个完整的家庭。

“我亲爹是因为我死的，我说要吃鱼，我爹就去下河给我捞去了，然后就再也没回来。打捞上来的时候，身体都泡成白的。我妈骂我那句话，我至今还记得，我妈说‘要不是你要吃鱼，你爸就不会死。’我继父那个人怎么说呢，人挺好的。对我说不上好，也说不上坏，毕竟跟他自己的亲儿子比起来，我在那个家庭中是那么微不足道的一个人。但是我挺感激他，从没有让我缺衣少吃，也没有野蛮地打骂过我。小时候看到别的孩子坐在自己父亲肩头上，我就羡慕得要命。有时候，我也会想，如果我亲爹还活着，我的生活会是怎样的呢？”据常婶说，那时候她常常感到孤单，也暗自发誓，自己以后要多生几个孩子，热热闹闹地过日子。

“16 岁那年，我继父跟我母亲商量着，将我嫁给邻村一个跛脚的男人，这样就能换来那家的女孩儿给他的儿子做媳妇，我母亲听说那家又穷人还跛脚，就不大愿意，但是也不敢公然反对我继父，继父大概是猜出了我母亲的意思，便没再提这事。但是这件事，给我敲了个警钟，我如果再不想办法，那么将无法主宰自己的婚姻，随时随地都可能成为‘换婚’的牺牲品。”

心里感到烦闷的常婶，那时候常常一个人爬到山顶上坐着，从日出坐到日落，她想过逃跑，可是她没钱没文化，也从没有出过村，她没有这个勇气；她也想过自杀，可是为了八字还没一撇的事，就结束了自己年轻的生命，她又有些不甘心。就这样，坐了一天又一天，有一天她坐着坐着就睡着了，等醒来时，天都黑了。她很害怕，撒开腿就往山下跑，忽然一个人叫住了她：“你别着急，天黑了路不好走，我跟你一起走。”

循着声音望去，常婶只看见了一个高高大大的身影，站在自己不远处。常婶感觉那人并无恶意，便放松了警惕，接受了那人的建议。在后来的交谈中，常婶得知这个少年与她同村，他天天都会上山来砍柴，采摘点山货。那天，他早就准备下山了，却一眼瞥见睡着的常婶，他“嗨”了两声，常婶没动，他也不敢上前去，毕竟男女授受不亲，所以就坐在不远处等着她醒来。常婶听到这些，心里产生了异样的感觉，酥酥的软软的，就像是曾经吃过的绿豆酥，还有一点甜甜的味道。

“从那以后，我们就经常在山里见面，坐在一起聊天。他对我也没什么隐瞒，把他家的情况，一五一十地告诉了我。他很早就没有了父母，下面还有一个弟弟一个妹妹，全靠他一个人养活。人家说，女人天生就有母爱，我觉得就是这样。他这样一说，反而让我更心疼他了。”常婶几乎当下就决定，自己要嫁这个男人，要跟他一起分担生活的重担。

常婶的婚事遭到了她继父强烈地反对，继父说养她这么大，没指望她能嫁个有钱人家帮衬着父母家，但也绝不允许她嫁给一个穷光蛋，作践自己一辈子。

“他说不让我嫁，我就不嫁吗？难道我要在家等着给他儿子换媳妇？”时隔多年后，常婶提到这些，还是会愤愤不平。

倔强的常婶铁了心要嫁，继父气急了，便说：“你要嫁给他也行，把衣服脱了，光着出这个家门，以后再也别回来。”继父原本是想吓唬住常婶，却想不到常婶真的脱下了衣服，只穿着一件背心，一条短裤走出了家门。一分钱嫁妆也没有，一件衣服也没拿，就这样出嫁了。

真正过上了日子，常婶才知道生活的艰难。丈夫还有一个未成年的弟弟和一个不到十岁的妹妹。“我这个新媳妇呀，一进门就做起了老妈子。”常婶用这样一句话，总结了她婚后的生活。

她那时不但要跟着丈夫一起干活挣钱供小叔子读书，还要拉扯着最小的妹妹。幸运的是，小叔子和小姑子十分懂得感恩，将她这个嫂嫂当母亲一样对待。小叔子每天上学的路上都会捡上一篮子的牛粪，交给学校做燃料，学校就会给小叔子免一部分学费。小姑子人虽然小，但是做饭烧水喂鸡喂鸭样样都做得来，有时候常婶干活回家晚了，小姑子就把全家的饭都做好了。有时候常婶干活累了，小姑子还会帮她打洗脚水，给她按摩捶背。常婶觉得日子虽然穷，但是心里是满足的，她喜欢过这种一家人其乐融融的日子，彼此之间看向对方的眼神都是欢喜的，而不是冷漠的。

21岁那年，常婶生下了自己的第一个孩子，是个女孩儿。隔了一年，常婶又生了第二个孩子，是个男孩儿，正好凑成了一个“好”字。那一年，常婶的丈夫为了挣钱，到镇上打工，家里就剩常婶和小姑子，还有两个孩子。常婶觉得好日子就在前头了，只要自己不放弃，总有一天能吃上白面馒头，住上宽敞明亮的大屋子。

就在常婶为未来的美好畅想时，常婶遭遇了人生第二次亲人的离世。那天，4 岁多的大女儿到邻居家玩儿，看到邻居家的灶台上放着一个饺子，孩子忍不住嘴馋，悄悄地将那个饺子给吃了。却不承想，那饺子里包着老鼠药，是专门放在灶台上引老鼠的。孩子吃了饺子没多久，就被毒死了。常婶觉得自己的心都疼碎了，可是她除了选择坚强地活着，没有别的选择。

大儿子 12 岁那年，已经 35 岁的常婶生下了自己的第三个孩子，是个男孩儿。一家人的日子越来越好过了，常婶实现了自己最初的梦想，吃上了白面馒头，住上了宽敞明亮的大屋。但原本热闹的大家庭，就只剩下常婶和两个儿子了。

“我老伴在外打工，一个月才回来一次。小姑子也嫁人了，小叔子外地上班。屋子大了，人却少了，住得冷冷清清。也就是还有两个儿子，日子才显得不那么凄凉。”

可以说，那时候的常婶把自己全部的心血都倾注在两个儿子身上了，可是命运再一次给了她沉重的打击。大儿子 15 岁那年，随着常婶下地干活，干到了中午，出了一身汗的孩子回了家，一进门就先从井里舀了一瓢凉水喝下肚。等到常婶赶回家的时候，大儿子正捂着肚子疼得满地打滚，常婶背着儿子就往村里大夫那跑，结果跑在半路的时候，大儿子就死在了常婶的背上。常婶那颗刚刚愈合的心，再次碎成了玻璃碴一样。

从那以后，常婶对唯一的小儿子宠爱到了极点。只要是小儿子想吃的，她就去买，她害怕小儿子再因为嘴馋，误食了毒药。不管自己再怎么累，也决不让小儿子下地干活，她怕小儿子重蹈大儿子的覆辙。后来小儿子到镇上上中专了，偌大的家中，就只剩下她一个人了。

我还记得那天常婶对我说："也不知道怎么了，过去那么穷，一家子人挤在一张床上睡觉，心里却是甜的。后来一个人住4间大瓦房，心里却是苦的。"

小儿子上学一个星期才回家一次，后来毕了业，在镇上找了工作，小儿子回家的次数从以前的一个月四次，变成了一个月一次。常婶开始希望丈夫能结束在外打工的生活，回到家中陪她。丈夫也答应了，说是将手中这批活做完，就回家陪她养老。

可是常婶没有等到那一天，丈夫所在的工地发生了火灾，消防员赶去时，她的丈夫已经烧得面目模糊，辨认不出了。

"我总觉着那个人不是我老伴，我宁可相信他不想跟我过日子了，也不想承认他死了。"因为不愿意面对老伴的死亡，所以当儿子在镇上买了房成了家后，想要接她过去住时，她死活也不愿意。她心里总想着，说不定哪天她丈夫就回来了呢。

再后来，儿子的岳父去世了，岳母理所当然地住进了儿子家。渐渐地，儿子也就不再提让常婶住到镇上的话了，同时回家的次数也越来越少了。就是每年李子树结果的时候，儿子会带着媳妇孙子回村里住上几天，儿媳喜欢吃李子，走的时候，还要再拿上一大包。

“我怎么也没有想到，过到晚年，陪我一起住在家里的，只有院子里那条大黄狗。4 间房，我每天打扫一遍，但是自己却只住其中一间。到了夜里，屋子里静得只剩钟表‘滴答滴答’的声音。”

68 岁那年，常婶经常感觉到手麻，有时候拿在手里好好的东西，会突然掉在地上。直到有一次，常婶毫无征兆地将大便解在了裤子里，她才知道自己生病了。经过治疗后，常婶落下了轻微的后遗症。

回到家后，小姑子来了，说要接她跟自己住。常婶摇摇头，她不能麻烦小姑子，虽然小姑子是她拉扯大的。小叔子也来了，也要接她跟自己住。常婶还是摇摇头，她也不能连累小叔子，虽然当年为了供小叔子上学，她曾没日没夜地干着活。儿子也来了，希望这次母亲能跟他走，可是常婶一想到要跟亲家母住在一个屋檐下，心里就不是个滋味儿。俗话说 :“一山容不下二虎。”她去了，儿子听谁的呢？那不是让儿子受夹板气吗？所以常婶再次拒绝了儿子。

“住在这里最好，谁也不麻烦，谁也不连累，人多热闹，有人陪着说话，有人陪着打牌，不孤单。”最后一次见面时，常婶这样跟我说道。

她，是一个再平凡不过的老人了，竭尽全力地照顾着身边的每一个人，当自己再也无法为他人奉献时，她宁可守着空屋过活，也不愿意给身边的任何一个人带来一丁点的麻烦。她曾以为，自己的晚年一定是儿孙满堂，绕膝承欢，唯独没有想到，从她三岁开始，她的亲人会相继离她远去，现在她最害怕的就是，最终这个世上会只剩下她一个人踽踽独行。

人生就是由无数次期盼组成的

“我大儿子在美国，我二儿子在上海。”这是谢桂玉老人经常说的一句话，提到自己的两个儿子时，谢大妈总是掩饰不住内心的骄傲。提的次数多了，大家也都记住了，有时候，她说了上半句，别人就接了下半句。

所以，她在跟我说完这句话的时候，又加了一句：“我跟他们说，他们都不信，还以为我在吹牛。还说‘儿子那么有本事，你咋住养老院来了？’可我没吹牛，真的没吹牛。”老人一脸的认真表情，急切地辩解道。

我连忙点头，说：“我相信您说的是真的。”

见我信任她，老人的神情才放松下来，接着说：“大儿子让我跟他去美国住，但是我住不惯，到了那里没有朋友，别人说话我听不懂，电视说啥也看不懂，到了超市买东西，该给多少钱都不知道。你说我去干啥呀？白天儿子媳妇都上班，孙女孙子都上学，晚上人家还有应酬，我还不是一个人待着？再说了，我都这么大岁数了，说不定哪天两腿一蹬就死了，我漂泊了一辈子，不想死的时候，都死在外面，至少得死在自己国家。”

“那您二儿子呢？上海在中国呀，您熟悉。”

“上海的房子太贵了，我二儿子买的那小房子，才 50 多平方米，还没个鸟窝大呢。我去住过一段时间，晚上只能睡在沙发上。那沙发软乎乎的，我这腰睡得疼。再加上，我那二儿媳人精明得很，我一去了，她就天天跟我儿子算账，每个月多花多少钱啦，我知道那是说给我听呢。”

“那他们都离这么远，来看您一趟多不容易呀？”

“谁说不是呢？我已经三年没见着过我大儿子了，二儿子也有两年没见了，真不知道我死的时候，他们会不会来看我最后一眼。”谢大妈越说越伤心，两行清泪顺着脸颊流下，沉默了一会儿，老人又接着说道：“谁不愿意跟自己的孩子们在一起呢？若不是没有办法，谁愿意离开家，住到养老院里来呢？”

“那您要想他们了咋办呢？”我问。

“看看照片呗。还能咋办？”说完，谢大妈费力地扭过身子，想要打开床头柜的抽屉。

“您别动了，我帮您拿。”我按下了老人伸出被窝的手，打开抽屉后，一下子就看见一本陈旧的相册，摆在最上面。

于是，轻轻地拿了出来。

“我家人的照片都在这里头。”谢大妈指着相册，我翻开第一页，还是张黑白照片，可见年代久远，但是我一眼就看到了谢大妈，她的样子虽然有了很大的变化，但是眉眼间还是那股神态。

年轻时的谢大妈很瘦小，巴掌大的鹅蛋脸十分白，细眉入鬓，丹凤眼，鼻子小巧，一张小嘴薄得几乎看不见。让我忍不住和现在的谢大妈比较起来，此时的她满头的白发稀疏且有些凌乱，嘴唇苍白干裂，随着下巴不由自主地抖动着。一双小脚，还没有我的手大。她现在的样子，让我联想到了一支将要燃尽的烛火。

“您年轻时，真漂亮呀。”我赞叹道。

“还行吧。”谢大妈谦虚地回答，“要是可以呀，我希望自己长得丑一点。也许这辈子过得就平平稳稳了。”随后，谢大妈向我讲起了她的往事。

谢大妈出生在四川的大山里，那一年她的家乡匪患成灾，几乎每天都有大姑娘被掳走，被糟蹋，抑或是被抢走卖掉。她每天的生活都过得提心吊胆，连门都不敢出，生怕被土匪撞见。忽然有天晚上，她母亲老泪纵横地交给了她一个包袱，让她连夜逃走，说是土匪盯上了她，如果她再不逃走，肯定就被土匪糟蹋了。

谢大妈一听这话，吓得接过包袱就跑，一路上头也不敢回。等到天亮时，她都不知道自己走到了哪里，只是不见了一座又一座的大山，望着陌生的一切，她猛然想起，自己只顾着逃命，临走前连句道别的话都没对母亲讲。

“茫茫人海，路在脚下，可家在何方呢？就算知道家在何方，我也不敢回去了，只能朝着相反的方向，继续往前走。我也不知道自己走了多久，只记得走了好久好久，我出来时候家乡的树还是绿的，走着走着，就变黄了。我妈给我拿的盘缠，早就用光了，我就一路走一路讨饭。后来走到了河北任丘，如果再不找个地方过冬，估计自己躲过了土匪，躲不过冬天了。这样想着，就看见一户人家开着门，我撞着胆子走进去，问他家要使唤丫头不。当时那个扫院子的老太太，就围着我转了一圈，上下打量了一番，便让我进了门。不但给我拿了干净衣服穿，还给我做了一顿热乎饭。等我吃完了，那老太太说‘我家不缺使唤丫头，你要没处可去，就先住下吧。’我当时感激地跪下就给老太太磕头，后来这个老太太就成了我的婆婆。”谢大妈说到这里，娇羞地笑了。

“我的婆家不算什么大户人家，但是家境殷实，我嫁给了他的大儿子，次年就生了一个男孩儿，生下来时，才三斤半，跟只小猫似的，大家都说我儿子怕是活不下去，我也怕，但是我更想让他活。因为个小，不会吸奶，我就把奶挤出来，含在嘴里，然后捏开我儿子的小嘴，一点一点地给他送到嘴里，他咂摸出奶味，慢慢地就会自己找了。等出月子的时候，他已经白白胖胖的了。”

安顿下来后，谢大妈给四川的父母写了很多封信，可是每一封信都像石沉大海般杳无音信。难道是自己走后，土匪迁怒于家人了？谢大妈在心里猜测着，这猜测令她寝食难安。丈夫便提议让她亲自走一趟，也许是搬家了，她不知道。从河北到四川，那么遥远的路程，谢大妈不识字，她怕自己走了，就回不来了。于是，回家寻亲这件事，就这样耽搁了下来。

没过多久，谢大妈又生了第二个儿子。二儿子还在襁褓里的时候，全国动乱，每天都在招兵，谢大妈的丈夫因为会做饭，被一支队伍的首长选中，跟着队伍做了掌勺的大厨，虽然有了部队做保障，可以在动乱中保身，但是部队常常行军打仗，谢大妈的丈夫身在部队，就只能跟着部队走，将谢大妈还有两个儿子，留在了河北老家。

“我那老头子一走呀，就是好几年。那年也不知是爆发了什么运动，村村都在打地主，我婆婆感觉就要大祸临头了，就劝我带上孩子赶紧走，最好能够找到我男人，如果找不到，就随便找个没人认识的地方住下。”

谢大妈开始了她人生中第二次逃亡，这一次比上一次更加艰难，因为还带着两个孩子，更惨的是，没走多远，谢大妈就被偷了，她把婆婆给她的全部财产，丢了个一干二净。

“我当时心里那个气呀，恨不得一头撞死得了。但随后又想想，我死了我儿子咋办呀？所以再难，我也得活下去。我当时记得我丈夫来的最后一封信里说，他随着部队到了这边。我就一路要饭，一路打听着河北怎么走。孩子走得慢，我这一走就是好几个月。谢天谢地，我丈夫到了这里后，就再也没有离开过。不然，我真不知道下一步路，该怎么走了。”

“那您丈夫认出您了吗？”

“我们娘仨当时跟叫花子差不多，部队看大门的不让我们进，我就站在门口扯着嗓子喊我丈夫的名字。不一会儿，就看见一个穿着军装，围着白围裙，手里拿着一个大马勺的人跑出来，看见我们愣了一下，孩子们一叫‘爸爸’，他就反应过来了。从那以后，我丈夫没再让我做过一顿饭，没让我干过一点力气活，他说他一想到我一个小脚女人，没钱还领着两个孩子来找他，他就发誓这辈子不再让我受一点苦了。”

谢大妈说这些的时候，一脸的幸福，她说自己颠沛流离了一生，但是能遇到一个知冷知热知道疼自己的男人，受的那些苦，就不算什么了。后来，两个儿子也都长大了，一个去了美国，一个去了上海。家里就剩下他们老两口了，孙女出生时，儿子给她买了机票，她飞去了美国照顾儿媳。

第一次坐飞机，让她想起了自己第一次逃亡的经历，她怎么也没有想到，自己一双小脚，竟能走那么快。

在美国一住，就是半年，谢大妈的签证到期了，她不得不回国了，可是孙女还是没人照看，于是谢大妈的老伴又去了半年。就这样，他们二老半年换一次“岗”，终于将孙女带到上幼儿园了。没想到，刚回来过了一年的清净日子，儿子来电话，说媳妇又怀孕了，这次还是个双胞胎。

“我一接到那个电话呦，心里就一沉。又不好说让儿媳打掉，你说美国怎么就不实行独生子女呢？我和我老伴又开始了半年一倒‘班’的日子了。仔细想想，我不到二十岁嫁给他，跟他分开的时间，都快赶上我们在一起的日子了。当时我就想，孙子们快点长大，这样我和我老伴就不用总在天上飞来飞去了。天不遂人愿，那年我还在美国呢，我老伴一个人在家，摔了一跤，等邻居发现好几天没见他了，找人撞开了门，才发现我老伴趴在地上，早就没了气息了。”

说到老伴离世，谢大妈又不禁悲从中来。“老伴一走，这世界上就剩下我一个人了呀，想到这里，我这心里就……就……”谢大妈说不下去了。

我摸到老人的手，那双手干枯冰凉，忍不住放在我的手心里帮她捂着，劝慰道：“不是您一个人呀，您还有两个儿子呢。”

“嗨，不管几个儿子，在身边才指望得上，不在身边，有十个八个，也还是我自己一个人。我就盼着自己早点死，早点去下面找我老伴，说不定还能碰到我妈。”

人们都惧怕孤独，孤独是没人陪伴的痛苦。可是回顾谢大妈漫长的一生，我倒是觉得她的孤独在于每一次逃离既不知道方向在哪里，又没办法将这恐惧说给别人听。

从被迫与父母分离开始，一直都在不停地奔波着，曾经历多少劫难，恐怕连老人自己也数不清了。就像谢大妈自己说的那样：“恐怕比唐僧取经的九九八十一难还多一难。”遗憾的是，老人奔波了大半生，却没能来得及和那知冷知热的老伴度过几个幸福的日子。

第 2 章
也许哪一天就心想事成了呢

根深蒂固般的心愿会在岁月中羽化成为执念，在心中酝酿成万般变化的情绪，经过我们的眼耳鼻舌身意传达出来，哪怕是一场不动声色的挣扎，哪怕是生命的最后一秒，也要完完整整地让人们感受到，这执念始终令我无法忘怀。

一生中最重要的执念

在法国一家养老院里，一个坏脾气的老太太去世了，看护小姐在整理老人的遗物时，发现了这样一首诗：

你看到了什么？看护小姐，你看到了什么？
告诉我你看我的时候看到了什么？
一个奄奄一息的老太太，
一个奄奄一息并不机智的老太太，
空洞的双眼，无望的未来。

吐出的食物，对人不理不睬，
让你抓狂，缓慢的让你抓狂的古怪老人。
不知感恩，对人满不在乎。

跌跌撞撞，不知去处的跌跌撞撞的古怪老人。

对一切无动于衷，
喂食，洗漱，照料，对一切我都看似无动于衷。
是这样吗，这就是你看到的我，对吗？
请看着我，看护小姐，请走近一点用心看到我。

现在我想诉说，坐在这里，这个坏脾气的老太太，
这个没有生命力、干瘪枯竭的怪老太太。
我是一个10岁的孩子，以为有父亲和母亲，
他们深爱着我和我的兄弟姐妹。

转眼，我成长为16岁的少女，纤细，漂亮，
幻想着很快会遇到梦中的白马王子。
在怦然心动的20岁，我成为他的新娘，
深深牢记新婚日的誓言并且履行着誓言。
……
大自然如此残酷，尤其在你老去和行动不便时，
它让你表现得像个疯子。
现在，我只是个老太太，
失去的体力，逝去的魅力。

但是在这老去的身躯里，
还是住着一个年轻的女孩，
我的心始终被记忆点燃。
记忆里的喜悦，记忆里的痛苦，
然后我重生，
然后我再一次享受爱和喜悦，在记忆里。

我想着自己最后存活的这些年，
接受了残酷现实的心，一切都将逝去。
请用心看到我，看护小姐，那时你会看到
我不止是一个奄奄一息的老太太。
走近一点，看到我。

当我看到这首诗时，脑子里一下子就想到了许阿姨，她年龄不大，才六十出头，身体也很好，因此我不愿意称呼她为老人。她之所以住进托管院，是因为她无法与儿子儿媳相处下去，也无法忍受独居的孤单。很多人，包括许阿姨的儿子在内，都认为许阿姨就像是诗中说的那样，脾气很坏，但是当我了解了她的过往后，从人性层面来看，才能真正理解她内心的痛苦。

本来许阿姨并不在我的采访对象之内，但是有一次她无意中听到我跟其他老太太的聊天内容后，她主动跟我说："我也有故事想讲给你听，有些事，我憋在心里太久了，也不知道能跟谁说说，你愿意听吗？"

我点了点头，说："愿意。"

许阿姨出生在河南，在她十六七岁的时候，全国刮起了一股"援疆建设"的风潮，每天广播里都在宣传，许阿姨认为这是一件极其光荣的事情，因此不顾家人的反对，报名参加了"援疆建设"队伍。

因为年纪小不懂事，许阿姨并不知道自己这一选择会关乎自己一生的命运。她就那样怀着建设美丽边疆的革命情怀和些许浪漫的远大梦想，走进了新疆。当她到了新疆，被眼前的一切吓傻了。

荒凉的戈壁滩一望无际，除了滚滚黄沙和老鼠洞一样的地窝子，看不到一点绿色的生机。当得知自己可能一辈子都回不去家乡时，许阿姨大哭了起来。但哭完之后，她索性接受了这个现实。撸起了袖子，在这片荒凉的土地上，播撒上自己的热情。

"当时我们去了，可把那伙男兵高兴坏了。但是我们不能自由恋爱，得上级的领导给分配，领导把你分配给谁，你就得跟着谁，就像给枪发子弹一样。当时，好多年纪轻轻的大姑娘都分给了大一二十岁的老兵，我年龄小，反而占了便宜，等轮到我的时候，老兵都领上了对象，就分给了我一个比较年轻的，当时她们都羡慕我。现在想想，有什么好羡慕的呢！跟谁不一样过呢！”

随后，许阿姨解释了她这样说的原因，她跟她丈夫的感情原本很好。结婚后第二年，许阿姨就生了个男孩儿。男孩儿长到 5 岁的那年，许阿姨带着孩子到地里捡棉花，当时孩子就一个人在地埂子上玩儿。等许阿姨捡完一圈回来，却怎么也找不到自己的儿子了。她发了疯似的跑遍了整片棉花地，但就是没有儿子的影子。

当时，一个民族同志用磕磕巴巴的汉语告诉她，看着一个赶着牛车的人经过，停了一下，她的儿子爬上牛车去玩儿，然后牛车就走远了。许阿姨这才明白，儿子丢了。

那段时间，只要看到和她儿子差不多岁数的小孩儿，她都会忍不住上前看两眼，很多次都被人当做神经病一样驱赶。

“我那段时间，真的好像得了神经病。我不敢回家，回家看见我儿子的玩具、衣服，我的心里就像是有蚂蚁钻心。我丈夫嗔怪我没有看住孩子，而我也深深地陷入了自责，我俩开始没日没夜地吵架，气急了我就跟他打，打不过我也要打。打累了，两个人再抱在一起哭。”许阿姨大大的眸子里，晶莹闪烁，想起那段痛彻心扉的日子，她的心再次难受起来。

“后来……后来孩子找到了吗？”我颤抖着声音问。

许阿姨摇着头：“没有，没有。我到很多地方找过，但是都没有找到。有一次我到乌鲁木齐，看到一个小叫花子特别像我儿子，可我走到他跟前，他却不认识我，好像还有点怕我，我就悄悄跟着他走了很长一段距离，但最后发现，那是个小女孩儿。我当时失望得……就想从那大桥上跳下去……

“但是我不能跳，因为有老二了，也是个男孩儿，他哥哥丢了，我怕他再丢了。出门干活，我就拿根绳把他拴在我裤腰上。孩子大了，就不乐意了。我一拿绳子他就哭闹，但是他哭也没用，不拴着他，我连门也不敢出。”

“那孩子上学以后呢？”

“上学以后就不拴了，我天天去接他。一直到他初中毕业，我没有迟到过一次。后来儿子考大学，背着我填写了北京的志愿，他是被我拴烦了，想离我远远的。”

“那您二儿子知不知道他哥哥的事？”

“不知道，我没有跟他说过。但是我觉得他应该知道，因为我和他爸爸总吵架，有时候言语中会忍不住说出来。老二到北京上学以后，我和他爸爸就分居了。孩子不在身边，我们几乎没有一天不吵架，吵够了，再也不想吵了，就分了。其实，自从大儿子丢了，我们的感情就破裂了，他怪我弄丢了孩子，我怪他从来不管这个家。彼此怪罪，彼此怨恨。这日子，肯定过不好。我们也努力想过好，才生了老二，可是看见老二就会想到老大，猜他是给别人当儿子去了，还是流落街头了？新的爸妈对他好不好？他每天能吃饱穿暖吗？一想到这些，这心里就针扎似的疼，我知道他也一样，所以吵得反而更多了。”

许阿姨的儿子毕业后，就留在了北京。儿媳妇生了孩子后，她过来伺候。但是却怎么也无法融入到儿子儿媳的生活当中去，她说自己总是控制不住自己的脾气，她也不知道自己为什么总是跟儿子和儿媳吵架，有时候她都觉得自己得病了——神经病。

“是不是您看到二儿子现在生活幸福美满，就会想到大儿子？”

许阿姨摇了摇头，但随即又点了点头。“我没有一天不想的。前年，我学会了上网，经常在网上看见一些寻找孩子的消息，每次看见我都会转发。我小儿子见了，就说有些是骗人的，我不相信，谁会用丢孩子这样的事情来骗人呢？我也把我大儿子的照片发了上去，很多人留言问我，孩子什么时间丢的，我说都快 30 年了，大家就说，别找了，就算找到也不认识彼此了。也有的说，只要不放弃，就有重逢的一天。有一次，我在网上看到一个妈妈写的她孩子丢失的故事，她闺女 6 岁时候丢的，她找到她闺女的时候，孩子的双脚断了，正在街上乞讨，她凭着眼神认出自己的孩子，带回家没多长时间，孩子还是因为各种疾病死了。看了这个消息，我心里难受得好几天没睡好觉。从那以后，我走在大街上，看到那些三四十岁要饭的，我都忍不住多看两眼，我希望那是我儿子，又怕那是我儿子。”

或许，许阿姨真的病了。从大儿子丢了后，她就病了。她心里的创伤，一直没有好。也许，她舍不得让这伤疤愈合，因为这是她和大儿子之间，唯一的联系了。许阿姨说自己有时候做梦会梦到自己的儿子，每当那个时候，她就很怕自己醒来，因为一醒来，就看不见她的大儿子了。

看着眼前的许阿姨，大部分的头发都白了，凌乱地拢在脑后。我忽然想到了《唐山大地震》里，徐帆饰演的妈妈，在不得已放弃女儿生命的情况下，她用不快乐惩罚着自己，以告慰死去的女儿的在天之灵。当得知女儿没有死时，她的第一句话，就是“对不起”。

“我心里有着深深的负罪感，我觉得我对不起我大儿子。我把这种情绪，也转移到了我二儿子身上，每次他做的事情，让我不满意的时候，我就会忍不住想，如果这是我大儿子，会怎么怎么样，这样一想，整个人就会陷入一种失控的状态。我没办法，我也控制不住。所以我只能跟他们分开，这样至少他们小两口能够好好过。”

许阿姨过得不快乐，她也不敢让自己快乐。她用失去爱子的痛苦，终日折磨着自己。也许只有这样，才能让她心里好受一点。

“哎！”她叫住了准备离去的我，“你看看我大儿子的照片，说不定，我还能找到他呢。”

我返回去，拿起她手中的照片，端详了起来。照片中的许阿姨20多岁的样子，一条长辫子一直垂到了腰下，她怀里抱着一个三四岁的小男孩儿，小男孩儿戴着一顶虎头帽，大眼睛炯炯有神。

我默默记下了照片上的孩子，这么多年过去了，又与当年的地点隔着万水千山，我们能够遇到的概率几乎为零。但我想，人总要时刻抱有希望，说不定哪一天就成真了呢？

走在回去的路上，我满脑子都是照片上许阿姨的笑容，朱唇轻启，梨涡浅现，曾经的她那么美。**人这一生，谁敢说自己没有做错过事情呢？得到或者是失去，不过都是自己的一种选择罢了。若是只想着失去的那些，那么已经拥有的又跟那些失去的有什么区别呢？**

我多想再叫一声“妈”

那天，天空中下着蒙蒙细雨，已是深秋，那雨水打在脸上，丝丝的凉意瞬间侵入骨髓。我打着伞，加快了前行的脚步。不远处，一扇铁栅栏门在一片砖瓦房中格外显眼。

因为下着雨的缘故，院子里没有一个人，只有几棵被秋风摧残凋零的大树和被雨水打湿的落叶，老人们住的房子，安静地站在雨中，我一排排地走过去。几天前，我就与吴云芳老人约好了，可是还没有走到她的房间，就被另一个房间的老人吸引了。

她看起来有 80 多岁了，头上戴着一块很常见的深红色棉麻头巾，将头发整个包裹了起来，这样显得她那黑瘦的脸越发的小了，身上穿着一件红底白碎花的棉袄和一条接近于黑褐色的棉裤。她定定地站在门前，眼睛盯着窗外的雨。身后几个老太太正围坐在一起聊天，可这些似乎都与她无关一样。

我走了过去，问："大娘，您怎么不进屋呀？在这欣赏雨景呢？这天多冷呀！回头再冻着了。"说着，我试图将她搀回到房间里。

可老人却一动也不动，半晌才收回了眼神，蠕动着没有牙的嘴，对我说："看什么景呀？我这眼睛早就看不见了。"我凑近了老人的眼前看了看，老人的眼中就像是有一团雾气萦绕着，几乎看不到瞳孔了。

"老了，记性越来越不好了。这个季节下雨，家里种的红枣怕是要遭殃了。我想给我大儿子打个电话问问，可是记电话号码那张纸忘了放在哪了。"老人像是在对我说，又像是在自言自语。

"这天要下雨，娘要嫁人。都是没办法的事，您儿子肯定心里有数，您就别担心了，快进屋吧。"我担心老人会着凉，催促着她。

"你说啥？"老人将耳朵靠近了我，接着说："我娘早死了，我 18 岁那年就死了。"老人听岔了我的话，我正欲解释，老人又开口说道："就是在这样一个天气里走的。"说完，老人离开了门口，拄着拐棍，慢慢地挪到了自己的床边，我收起了手中的伞，也跟着进了屋，坐在了老人的床边。老人感觉到了我，脸朝向我，问："你是谁呀？这大下雨的，来这干啥来了？"

“我呀，专职陪你们‘聊天’的。我出来的时候还没下雨呢，走到半路才下的雨，这雨伞都是临时买的。不过要不是今儿下雨，我还看不见您呢。我本来是要去后面那排的。”说着我扬了扬胳膊，指着屋子的后窗户说道，但随即又反应过来，老人看不见，我这不是多此一举吗？心里暗暗嘲笑了自己一番。

“这雨天是不是让您想起了自己的妈妈？”我问。在问这个问题前，我的内心挣扎了很久，我拿不准这样的问题会不会让老人感到难过，可看到老人刚才孤独地站在门前的情形，我心中又断定，在老人的心里，一定有许多的话语想要倾诉。

“没有一天不想的，只是这下雨天就更想了。我的眼睛，就是在那时候哭坏的，流的那眼泪比这雨水都多。年轻时还能看得见，等上了岁数，就啥也看不见了。”老人用空洞的双眼，望着窗外，对我说。

“那段日子一定过得很苦吧？”

“苦呀！真苦呀！听见别人喊‘妈妈’，都眼热，想妈的时候，就自己躲起来悄悄哭，有妈的人，受了委屈能跟自己的妈妈说说，我没妈了，受了委屈就只能在心里憋着。”老人说着，捂住了胸口，“我的胃不好，我觉得就是那个时候憋的，把委屈都憋到了胃里，饭都吃不下了。”

据老人回忆，她的母亲是得了“月子病”死的。当时生的是第五个孩子，孩子一生下来就死了，没过多久，还在坐月子的母亲也跟着走了。那天，已是深秋，还下着雨，无边的雨幕将整个世界都笼罩在一片悲伤之中。老人就坐在床上，抱着她娘哭，弟弟妹妹们也都跪在母亲身边，用力地摇着母亲的身体。直到母亲的身体变得僵硬，老人的父亲才从外面哼着歌打着晃走进来，身上的衣服都被雨水淋湿了，头发像海带一样，贴在前额上。

老人边哭边对父亲说，娘死了。父亲才从迷糊中清醒过来，伏在自己妻子身上哭了两嗓子后，就倒头睡着了。母亲的尸体，在床上放了整整一夜，老人也整整一夜没有合眼，她抱着母亲的尸体，和着外面的雨声，哭泣着。哭着哭着，眼泪就干了；哭着哭着，眼泪又流出来了；哭着哭着，眼前就模糊一片了。

父亲一直睡到第二天天大亮才醒来，醒来后匆匆给母亲换上一身干净的衣服，然后到镇上买了一口薄棺，再叫来村里的几个壮汉，母亲就被抬上山，埋进土里了。从那以后，年仅 18 岁的她，就成了那个家中最年长的女人了。有人说，在过去即便家中没有妈妈，有一个大自己 10 岁的姐姐，也不会觉得日子难过。事实确实如此，老人在她妈妈走后，担任起了“妈妈”的角色。从那以后，她再也不是一个小姑娘，高兴的时候，再也不可以抱着妈妈撒撒娇，难过的时候，也不能抱着妈妈说说心里话了。

每天，她要承担起大部分的家务活，洗衣做饭收拾屋子一样也落不下。到了晚上，哄着了弟弟妹妹，她还要在昏暗的蜡烛光里，给弟弟妹妹们缝缝补补。要命的是，老人的父亲有着很严重的赌瘾，以前有老人的母亲制约着他，母亲走后，父亲就有些肆无忌惮了。赌瘾上来没钱时，父亲把母亲生前穿的棉袄和首饰都抵押了出去。同族的亲戚就劝老人，想办法把钱攥在手里，否则任父亲这样挥霍下去，他们姐弟几个迟早得上街讨饭。老人听了亲戚劝，掌握了家中的“财政大权”，父亲想从她手里拿点钱出去，简直比登天还难。

“有一次，我爸又想去赌，跟我要钱，我死活不给他，他气得扬起了巴掌，我不但没躲，还把脸迎了上去，结果我爸那一巴掌，扇在了自己的脸上。他不赌的时候，是个好父亲，但赌瘾一上来，就无法控制自己了。”

这样的日子，一直到老人嫁人才结束。在出嫁那天，老人的父亲对她的弟弟妹妹们说：“别忘了你姐，她不容易呀。”

弟弟妹妹们也记住了父亲的话，后来他们各自成家。有时间就会买东西来看看老人。“他们来了，还不如不来呢。他们也都岁数大了，有的身体还不如我呢。看着他们有的坐着轮椅，有的话都说不利索了，我这心里难受。他们看见我也难受，所以还是别见的好。”老人这样对我说，我瞬间明白了，原来真的有种感情，叫做“相见不如怀念”。

老人嫁人以后的日子，不过是换了个地方，换了种方式继续劳累着。老人的爱人比她大八岁，是个老实巴交的文化人，在村里的小学当老师。有段时间，老人的爱人嫌弃学校工资太少，萌生了辞职的念头。老人劝他：“不当老师，你能干什么呢？地里的活你干不了，家里的活又不用你干。”经老人这样一说，老人的爱人便打消了辞职的念头，老老实实地回到了学校，继续当起了老师。

“看来，在您家里，您是一家之主呗。”我打趣地说道。

“没什么主不主的。我讲理，我说得对，他凭啥不听呀？”老人认真起来。是啊，换了任何一个男人，对此也无力辩驳。作为一个女人，她包揽了家里家外大大小小的活计。白天她下地干活，做一家子的饭菜；晚上孩子睡了，她还要一针一线地给孩子们缝衣服。而她做这一切，不过就是希望自己的爱人，能够安安心心地做好自己的工作，哪怕这个工作很微不足道。

所幸，孩子们也都争气。因为自己没有上过学，老人发誓再苦再累也要供孩子们念书，结果三个孩子不负母望，纷纷考上了大学，然后凭借自己的能力买了房，娶了媳妇，生了娃。说到自己的孙子时，老人一脸的骄傲：“我那孙娃子个顶个的厉害。有一个在上海，自己开了个什么公司，我也不懂，只知道跟电脑有关。还有一个考上了研究生，毕了业一找工作，就能给他 5000 元工资，娶了个媳妇，比他学历还高，叫什么博士生。最小的那个孙子，年年考试都得第一名，他说以后要比两个哥哥还出息。我大字不识一个，可我的儿子是大学生，我的孙子当老板，又比大学生还厉害！”老人一脸的眉飞色舞，与她谈起母亲时的样子，判若两人。

末了，老人告诉我说，那些关于母亲的往事，她没有跟任何人说过，包括她的三个儿子。“跟他们说干啥呀？儿子要是孝顺，我啥也不说，他们也会对我好。儿子要是不孝顺，我说这么多，也没有用。再说了，我儿子都挺孝顺的。我啥活也干不了后，就提出来住养护康复托管院，儿子还不愿意呢。我就问他们‘你们是不是怕花钱？以前日子那么苦，我一个人养你们三个人我养活了。现在你们三个养我一个，养活不了？’儿子听了这话，就把我送来了。”说到这，老人笑了，脸上的皱纹舒展开来，就像是一朵盛开的花儿。

从 18 岁起，她的人生就一直在为家人操劳。为弟弟妹妹、为儿子、为老伴、为孙子孙女，当她付出了自己的所有精力，再也无所付出时，她选择了住进养护康复托管院，不给家人添一丁点麻烦。老人是伟大的，但同时也是平凡的，她就是成千上万个老人的缩影。

老人今年已经 78 岁了，距离她母亲离开，时间已经整整过去了 60 年，半个多世纪的时间，我不知道老人是否还记得她母亲的模样。

“记得。记得清清楚楚，这辈子都忘不了。”老人用无神的眼睛看着我，一字一句肯定地告诉我。当老人得知，我经常会嫌自己的母亲唠叨时，老人拽住我的手说：“不能嫌，可不能嫌，这是福气呀。我还想叫声‘妈’呢，可还有人应吗？”

老人的这个心愿，此生永远也不会实现了。我只希望在某个午夜梦回的时候，她还能有机会再叫上一声“妈”。

在回去的车上，我不禁想起了最后问老人的话，“现在想起那些苦日子，还觉得苦吗？”老人回答：“不苦了，苦日子都过去了，剩下的都是甜的了。”

绝望的尽头，就是希望

在我接触过的老人中，大部分老人都是慈眉善目，和蔼慈祥的，他们很愿意有个人能陪他们聊聊天，解解闷。但是这其中也有例外，吴玉华老人就是例外之一。记得第一次见到她的时候，我正在采访与她同屋住的另外一个老人。当时周围有很多人，大家都愿意凑凑这个热闹，偏偏她远远地坐在一边，面无表情地看着电视。偶尔我们说话声音大了，盖过了电视的声音，也不见她表情有什么样的变化。

第二次见到她，正是午饭时间。老人的胃口很好，不一会儿就将碗里的米饭和碟子里的青菜和鸡腿吃光了，吃完后，就将餐具放在一边，半躺在床上，闭目养神开了。与其他人边聊天边吃饭，或是吃过饭坐在一起晒太阳的场景，显得格格不入。

就这样，吴玉华老人引起了我的好奇心。可当我提出想要采访采访她时，护理师显得有些为难，护理师怕老人不愿意配合。因为住进五福托老院半年多的时间了，从来不见吴玉华老人跟谁说过话、聊过天，也不见她跟医生、护理师热络过。她总是一个人独来独往，不串门，不晒太阳，也不散步。

就在我打算放弃采访她的念头时，一个偶然的机会，我与她搭上了话。那天，我结束了采访任务打算离开，忽然身后有人问："有火没？"我疑惑地一回头，看见吴玉华老人手中夹着一根烟，她是想向我借火。

"大娘，我不抽烟，没有火。"说着，我走了过去，继续对她说："您也别抽了，抽烟对身体不好。"

"我都多大岁数了，还有几年活头？没那么多讲究了。"老人见我没有火，将手中的烟放在了口袋里。

我抓住机会问："您从年轻时候就抽烟呀？"

"年轻不敢抽，50多岁的时候才抽的。"老人回答我。

"呦，那您这烟龄可够晚的。"我开着玩笑，心里感谢着那根烟，让我找到和老人说话的机会。

"我知道抽烟对身体不好，那烟盒上都写着呢'吸烟有害身体健康'，有时候不抽烟心里烦得慌。"老人说。

看老人的年龄，怎么也有80多岁了，出生在那个年代的老人，大多数都不识字。所以老人识字，让我吃惊不小。

后来得知，老人不但识字，而且还是那个年代里的高文凭，她上到了初中。至于初中之后为什么不上了，对于老人来说，那是她一辈子也忘不了的痛苦。

吴玉华老人出生在一个算得上富裕的家庭，家里不但有几亩良田，还开着一个小小的杂货店。原本日子过得平平稳稳，玉华老人想着，自己上完初中上高中，上完高中去考大学。可是没等她考高中，浩浩荡荡的运动就来了。因为家中有田又有买卖，玉华老人家被扣上了“富农”和“资本家”的帽子，她的父亲去世得早，躲过了这场浩劫，但留在世上的人，就没有那么幸运了。

玉华老人的祖母和母亲相继被戴上高帽，推上了批斗台。几乎一夜之间，玉华老人的身份，也从一个普通的学生，变成了资本家的女儿、地主的女儿，她在学校里开始遭受各种排挤，关于她家庭成分的问题，几乎每天都被拿出来说事。玉华老人知道自己这学是念不下去了，于是她就想着赶紧参加工作，这样靠着自己的奋斗，或许能够改变自己的命运。可是现实往往喜欢和人开玩笑。毕业后，玉华老人被分配到了市里的百货公司工作，但是工作没多久，就碰上了“大下放”。所谓“大下放”就是将城市人口下放到农村，这样可以缓解城市粮食供应的压力。

因为家庭成分不好，玉华老人成了被下放的首个考虑对象。一下子，玉华老人的户籍，从城市居民变成了农村居民，就这简单两个字的改变，改变的却是玉华老人一生的命运。从来没有做过农活的玉华老人，必须要像一个真正的农民一样，扛起锄头，下地干活，否则她就没有饭吃。

而更让老人受不了的是，来自身边人的排斥和贬低。用老人的话说，就是别妄想着什么好事会发生在自己身上，就算是坏事，轮到自己身上，也是最坏的那一件。所以老人走路都是低着头，她知道自己已经被划分为三六九等里最低的那一等。不用别人看不起她，她自己都看不起自己。

“就像……”我在头脑中努力搜索着自己能够想到的那些代表地位低下的词语，最终能够想到的，只有那些犯过罪，被人们所唾弃的罪犯，于是我说：“就像那种从监狱里出来的人？”

但我的比喻被老人否定了，“还不如犯过罪的人呢！至少，犯过罪的人只是在他个人的历史上有了污点，在拥有社会权利上，他还是平等的。但是我们即便没有犯过错，所面临的也是不平等的待遇，更不要说犯了错，那将会遭受更加严厉的处罚。”

生在一个平等的年代，我无法想象老人口中那种不平等究竟是怎样一种感受，或许只有亲身经历过的人，才能真正体会到那种切肤般的疼痛。据老人讲，她没有一个朋友，因为没有人愿意跟她做朋友，如果她主动去亲近别人，说不定就会被告发，说她拉拢人心。所以老人从不敢与人打交道，倒习惯了不再与人打交道。试想，一个正处在花季年华的少女，没有一个知心的朋友，没有一个可以说悄悄话的人，那是怎样一种光景。

到了谈恋爱的年纪，老人遇到了一个在部队当兵的小排长，两人情投意合，但是在提交恋爱报告的时候，因为玉华老人的家庭成分不好，报告没有通过审批，所以这段恋情就这样宣告了结束。一个身材高挑、面目姣好的大姑娘，在面对自己的婚事时，她首先考虑的，不是自己喜欢不喜欢这个人，而是自己配不配得上这个人。在老人的眼中，凡是有着当兵、团员、党员身份的人，都成了她高攀不起的对象。

后来老人找了一个铁路上的工人，这个工人同她一样，也是富农出身，两个同命相怜的人，才算是组建自己的家庭。但是因为出身问题，老人的爱人在单位也是处处受排挤，更不要说升迁加薪这样的事情了，他们日夜祈求的，不过是战战兢兢地过好每一天，千万不要犯错误，千万不能犯错误。

生了孩子后，玉华老人最怕的事情，就是孩子会因为年少无知出去惹是生非，所以孩子哪怕在外面受了气，也不敢还手。有一次，玉华老人看到同院子里住的孩子，将他的小儿子踩在地上，然后站在上面又蹦又跳，小儿子疼得“哇哇”直哭，旁边站着的大儿子和二儿子气得额头上的青筋都凸起来了，但愣是不敢上前阻止，只能咬着嘴唇在一旁落泪。看见她以后，就像是看见了救命的稻草一般，扑到她身上喊“妈妈”，可是，她除了驱赶开那些孩子，连一句批评的话都不敢说。因为在玉华老人的心里，她，一个处在社会底层、出身最卑微的人，没有资格去教训别人家的孩子。

孩子的遭遇，当娘的不可能不心疼。可是除了心疼，她什么也做不了。因为她自己的日子也不好过。那时候每天晚上，大队都要开政治会议，在大会上，玉华老人最怕让自己发言，她害怕自己会不小心说错话，然后被当场拉出去批斗。她亲眼见过一个七十多岁的老人被批斗，那个老人因为女儿嫁给了一个外国人，所以被扣上了“帽子”……说到这，玉华老人停顿了很久，已经浑浊的眼中闪过了一丝丝慌乱。至今想起那段让她小心翼翼的年月，她依旧会感到害怕。

对玉华老人而言，生命中的这一段时光，充满不安，可是除了勇敢面对，她别无选择。或许她也曾满怀希望，希望有一天那些暗淡的日子可以过去，但是当所有的等待都苍白无力后，便会化作尘埃，让她整个人都陷入深深的绝望当中。那种不知道明天在哪里的彷徨和无助在心灵深处滋生蔓延，唤起撕心裂肺般的疼痛，把人仅存的一点理智和信念啃噬得干干净净。

“最绝望的时候，我害怕过白天，因为不知道那漫长的一天该如何度过。有一次，锅里的水都咕嘟咕嘟地开了，但是家里的米缸却一粒米都没有。我想哭，都没有眼泪了。实在想不出办法了，我喝了一瓶子农药，那味道我至今还记得，我真想一死了之啊，死了就清净了，死了就再也不用为难了。但是我没死了，这样的日子还得继续过。”吴玉华老人边说，边抹了抹眼睛，可那双眼睛里没有一滴眼泪。

“你连死都不怕了，还怕活着吗？”

“死多容易啊，两眼一闭，两腿一蹬，痛苦也就是那么一瞬间的事。但是活着，痛苦却没有终结的时候。”仔细一想老人的话，的确如此，有时候，残酷的现实让死亡比活着更加容易，活着反而更加需要勇气。

“后来，这样的日子，您又过了多久呢？”我多么希望，老人能够早一点从这些痛苦中解脱出来。

“直到大儿子十七八了，能够跟着下地干活了，才好了一点。”老人回答。

“过上好日子了？”我问。

“算不上好日子，那算什么好日子？只能说日子总算有了一点盼头，心中有了一点希望。后来我自学了裁缝，靠着做衣服，才能挣点菜钱。再后来，进了大队里的缝纫组，帮着裁剪裁剪。直到那个时候，才终于能够挣够工分，不用再吃高价粮了。就这样，慢慢地攒了点钱，盖了四间房，要不儿子连媳妇都娶不上。”

当希望在绝望中裂开了一个口，就会被无限放大。人总是在绝望至极时，选择走上绝路，但只要有一丁点希望，她就能重新燃起对生的渴望。从困难得连锅都揭不开，到盖房给儿子娶媳妇，这条艰难的路上，充满了荆棘，老人就这样一步一步地走了过来。

在谈话中，老人不止一次对我说：“我恨那个时代，耽误了我一辈子，每每想起我这一生，除了痛苦我没有别的感受。”

“那，如果没有那些运动，您觉得您现在的人生应该是什么样呢？照您当时那学历，肯定能当个一官半职吧？”

“一官半职没想过，至少我能有一份工作，现在我有退休工资拿。”

“就这些？”

“就这些。”

也许，她的要求并不高，可就是挣扎了一辈子。直到年迈体衰了，才敢回过头去想那些事。

等到离开了，才想到她的好

因为经常来，我跟院里的护理师渐渐成了熟人，时不时也会找她们聊聊天。能在这里工作的女孩子，每个人心里都住着一个天使，她们不怕脏，不怕累，就算是对一些神志不清的老人，也有极大的耐心。

“一开始，只是想找一份能够养活自己的工作。但是在这里干的时间长了，慢慢就爱上这里了。老人的身上有说不完的故事，如果他们喜欢你，对你就像对自己的闺女、孙女一样，让我觉得自己付出没有白费。渐渐地，就会有一种使命感，想着自己怎样能让这些老人在晚年时光里过得更加幸福快乐。”

我眼前的这个护理师，也就才二十出头，人也长得十分漂亮，梳着一条长长的马尾辫，圆圆的眼睛，一笑就会露出两颗调皮的虎牙。她手里推着的轮椅上，坐着一个瘦小的老太太，老太太身上盖着厚厚的毯子，眼睛半眯着，一副昏昏欲睡的样子。她一边跟我说着话，一边用手帮老人掖了掖身上的毯子，以免老人着凉。

“如果社会上多一些像你这样的年轻人就好了。”我看着她，真诚地说。

听到我们在聊天，轮椅上的老人也睁开了眼睛。看着护理师问：“我民来了没？”

民，是老太太对自己小儿子的称呼。护理师回答：“奶奶，您儿子没来呢，还没到他下班的点呢。”

护理师对我说，老太太从进来时就是这样，每天睁开眼睛就问：“我民来了没？”如果回答说没有，老太太睁一会儿眼睛，就睡着了。如果听到“妈，我来了”就会立刻伸出自己的手，直到拉住儿子的手后，老人的脸上才会露出慈祥的笑容。她会用老家话跟儿子聊天聊很久，有时候聊着聊着就笑了，有时候聊着聊着就哭了。

“老太太的儿子经常来吗？”我问。

“不止是经常。奶奶住进来一个月了，她儿子几乎每天都来。”护理师说，“当护理师这么久了，第一次见到这种老人住了养老院后，当儿子的能天天来看，几乎是风雨无阻。”她说这话的时候，一脸的敬佩。

听到我们提到了自己的儿子，老太太来了精神，扭过头来对我们说：“我儿子可孝顺了，人又有出息，在我们村里，人人都知道我有个好儿子。在老家的时候，要不是每天想着，多活一年，就能再见到我儿子一面，我估计自己也活不了这么大岁数。我都八十七啦，喘气都觉得累。现在好了，儿子守在身边，天天都来看我，陪我说说话，我满足了。以前总想他想得睡不着觉，现在我每天晚上都能睡得着。”

我仔细端详着老太太，她的眼睛很大，脸很小，她说这话的时候，眼里的柔情就像一汪泉水在流动。她的话带着些许山西口音，为了让我听清，她一字一顿地说着普通话，但是没说几句，老人就累了，想要休息了。

令我没想到的是，我与老人这一面之缘，竟是最后的一面。在这之后没几天，老人就去世了。听护理师说，老人走得很安详，似乎是提前知晓了命运，平日里都是脱了衣服睡觉，但是那天晚上却穿戴得整整齐齐，然后在睡梦中就走了。早晨，护理师还以为老人想多睡一会儿，没想到一碰老人的鼻翼，老人的身体早就凉了。

“老太太其实挺幸福的，除了眼睛看不见外，没有什么大毛病，可以说没有受什么罪就走了，算是寿终正寝吧。”护理师对我说。

我们永远无法知晓人在离世时是怎样一种感受，痛苦？解脱？还是恋恋不舍？但是对于留在世上的人而言，这或许是最佳的安慰了。

我心里有些难过和不舍，脑海里总是出现老太太那天对我露出的笑容。不知不觉中，我就走到了老太太生前住的房间。房间里，老太太的家人正在收拾老太太的遗物。见我进去后，有些许诧异，我连忙说清了自己的来意，并把之前和老太太聊天的内容告诉了他们。我想，他们一定想知道这些，毕竟老太太在走之前，没有留下只言片语。

老太太的小儿子，今年已经 40 多岁了，我称呼他为孙大哥。当我向他提起老太太走之前内心很满足时，这个堂堂的七尺男儿，平日里总是穿着一身笔挺西装的成功人士，哭得像一个丢了心爱玩具的孩子，眼泪混着鼻涕浸湿了他胸前的衣衫。他的妻子在一旁轻拍着他的肩膀，此时，任何的语言在这样的悲伤面前，都是苍白无力的。

不知何时，窗外滴滴答答地下起雨来，今年的雨水似乎特别得多，孙大哥终于停止了哭泣，哽咽着说："我现在才知道，有妈和没妈的区别，现在才想起我妈的那些好。

"那年，我媳妇生了孩子，而我正处在事业的上升期，每天就是想多加加班，别让领导失望，所以只能把孩子妻子交给岳父岳母照顾。我爸妈听闻，觉得媳妇生了孙子，是个有功之臣，自己没来伺候月子就已经很丢人了，如果再不来看看，就更说不过去了。所以招呼也没打，就从老家赶来伺候。那时候，他们已经快 70 岁了。我妈身体一直不好，眼睛看不清，腿也有毛病。但是为了省钱，他们没舍得买卧铺票，在硬座车厢坐了两天，中间倒了三趟车，火车到达时天已经快黑了。不认识路的老两口，一个人拿着烟袋锅，一个人拄着拐棍，拎着大包小包的行李，一路走一路问，走了两个多小时，才找到我家。但是到了门口，却没有敲门，因为天黑了。在我母亲心里有些迷信思想，她认为晚上敲门会惊到刚出生不久的孩子。于是，两个人又带着行李走回了火车站，一直在候车室里坐到了天亮，又再次走回我家。我妈是小脚，别人走一步，她得走好几步……”说到这，孙大哥将头埋进了自己的臂弯处。谁说男儿有泪不轻弹呢？只是未到伤心处吧。时间过去快 20 年了，每一个细节孙大哥都记忆犹新。

见状，孙大哥的妻子继续补充道：“那个时候，也没有电话、手机，我妈他们也不舍得住宾馆，那么大岁数了，在火车站坐到天亮。第二天，我们埋怨他们，他们却笑着说，‘不碍事，一点也不累。’每次想起这事，想到两个老人大半夜里来回走了四五个小时，坐着一夜没合眼，我这心里就堵得慌，感觉我们欠老人太多太多了。

“所以，我们买了房以后，第一件事情，就是把我妈从老家接过来享享福，可是她来了没住几天，就死活不想住了，不管干什么都是小心翼翼的，她说，这么好的房子，别让她给弄脏了，吵着要回老家。我们想把她留在身边照顾，就选了个离家近的养老院，然后每天都能来看看她，陪陪她。没想到，这才住了不到一个月，就……”孙大哥的妻子说到这里，长叹了一口气。

后来孙大哥说，他离开家的时候，母亲对他说，一年能见上一面就行，他就相信了。一心扑在工作上，想要出人头地给父母争光。他没有想到，母亲嘴上说一年见一次就行了，心里却没有一天不在思念着自己，而自己却完全不知晓，每年过年回一次家，每次回去住不了 10 天就得匆匆离开。孙大哥的姐姐说，老太太一年的笑容，都没有那 10 天多。话听到孙大哥的耳朵里，心里十分不是滋味，他对母亲说，等自己有时间了，有能力了，就把老妈接到身边，陪老妈终老。老太太听到这话时，咧开没有牙齿的嘴，笑着说：“好，妈等着。”

老太太确实等到了，但是这一天来得有些晚了，老人几乎是用尽了一生的力气，来享受着人生的最后阶段。孙大哥后悔，他后悔自己没有早一点将“陪你终老”这 4 个字付诸在行动上，遗憾就已经代替了诺言，填满了他的心。

老人走以后，孙大哥才真切地感受到，自己没有妈了，也没有家了，就一个转身的时间，从此家乡变故乡。在老太太去世的这一个多星期里，孙大哥不止一次地对着母亲的照片说：“妈，我想你了。”可是照片上的妈妈，不会像以前一样，用苍老的手抚摸着他的头说：“我民回来了，好呀，好呀。”

“我妈总觉得我一个人在外闯荡不容易，所以她眼睛患病的那一年，她说什么也不让告诉我，可是家里又没有钱，她就一直拖着。后来那年我回家，我妈捧着我的脸，看了好长时间，说‘好好看看，记住我儿的样子，别忘了。’当时，我还嫌我妈看得时间太长了。可是第二年我再回去的时候，我妈就看不清我了。但是她也不跟我说，只是用手反复摸着我的脸，摸得特别仔细，我每年长多少皱纹，她心里都有数。前年，我才知道我妈眼睛已经完全看不见很久了。我带着她去市里的医院做了手术，可是因为时间太长了，恢复的效果不好，只能勉强看清点轮廓。拆纱布那天，我妈激动地哭了，她说‘终于又看见我儿了’，我也哭了，因为我让我妈在黑暗里整整等了五年呀。我为什么没有早一点发现，没有早一点给我妈治呢？”

最后这几句话，孙大哥是颤抖着声音说出来的，他的妻子坐在一旁，再次红了眼眶。我想起老人那双大大的眼睛，心里也跟着难过起来。老人的东西不多，一会儿工夫，孙大哥就收拾好了，临走之前，他握着我的手，连说了两个“谢谢”，我却无言以对。

走出五福托老院，看着眼前一片落叶缓缓地离开了枝头，在空中旋转着，飞舞着，飘零着，终于轻轻地落在了草地上。不加几日，它就会失去现在的颜色和光泽，与大地融为一体。

有人问："落叶的离开，是对自由的向往，还是树的不挽留？"是不是因为落叶知道自己命运的终点在哪，时间到了，它就会去寻找自己的归宿，以一颗虔诚的、喜悦的心，与这个世界告别，纵然这个世界对它还有太多的不舍与留恋。

我坚信他会回来的

陆淑贤是养老院里为数不多的几个 90 多岁的老人，而且难得的是，90 多岁的她依旧身体健朗，思维清晰。那天，她的小女儿正好来看她，给她带了不少新鲜的水果。我进去的时候，老人手里正拿着一块红心萝卜啃呢，一边啃一边说："你买这萝卜不好，辣的，不甜。"

她女儿听到这话，有些不信，也用刀切了一块，尝过以后，点着头说："嗯，确实是辣的。买的时候，那小贩还跟我说甜呢，看来被骗了。"虽然不甜，但老人吃得还挺香，咬起萝卜来，咯嚓咯嚓的，一点也不费劲儿。

"陆奶奶，您这牙齿还挺不错的，这萝卜这么硬，都能咬得动。"我开口说道。

陆奶奶边咬萝卜边回答："嗯，牙好胃口也好，吃饭倍儿香，身体倍儿棒。"她的话逗笑了一屋子的人。

这时，她女儿插话道：“我妈身上故事可多着呢。估计你这一下午听不完。”

陆奶奶立刻谦虚地回应：“都是些陈芝麻烂谷子的事了。我还以为你们年轻人不爱听这个呢，你要想听，我就给你说说，从哪说起呢？”陆奶奶挠着头发，陷入了深思中。

“要不，就从您老伴说起吧。”我看到陆奶奶的床头上还摆放着他们二人的合影，照片还是黑白的，照片上的人也很年轻，但从眉眼看来，是陆奶奶无疑。将这么早的照片摆在自己日夜可以看到的床头，相信感情一定很深吧！

经过我的提示，陆奶奶开始讲起了她的故事。

“我老伴是个教书先生。抗日战争那会儿，日本人到我们村子里抓共产党。我们村有个汉奸，他就因为我老伴教书有文化，就说肯定是抗日分子，所以就把老伴的名字写到了要被抓捕的共产党员名单上，并交给了日本人。这份名单不知道怎么被我家二丫头看见了，我家那二丫头机灵，看到那名单上有她爸爸的名字，她没声张，装作没事人一样跑回了家，悄悄地找到了她爸爸，说‘爸，你快躲起来吧，日本人明天要来抓你。’我老伴一听这话，连夜就跑了。从这以后，孩子他爸的心思就不在教书上了，没过多久，就跟着他堂哥一起参了军，打仗去了，留下我和三个孩子。我原本以为，他很快会回来，可是日子一天天过去，他却一直没有回来。

“家里面没有个男人，那日子不好过呀。我不怕苦，不怕累，但我忍受不了来自周围人对我的欺辱。当时孩子他爸一走就没有了音讯，活不见人，死不见尸。跟他一起入伍的堂哥因为受不了行军打仗的苦回来了，但是他没回来，而且也跟他堂哥失去了联系。所有人都说，‘别等了，他肯定死在外面了，不会回来了。’‘战争打得这么激烈，肯定回不来了，你该嫁人嫁人吧，别带着孩子傻等着了。’或许人家是好意，但是我觉得这话就特别刺耳。乡里乡亲的都把我们当孤儿寡母对待，外人的说三道四我可以不去理会，最让我心寒的，是家里的亲戚都欺负我们。”

那个时候，孤儿寡母得到的不是更多同情与照顾，而是更多的欺辱和不怀好意。那些闲言碎语，那些欺辱打压，就像是高浓度的腐蚀剂，吞噬着人的意志，什么时候坚持不下去了，就等于认输了，承认自己就是他们口中的那个样子。陆奶奶不愿意承认，每当儿女们问起“爸爸什么时候回来”时，她总是斩钉截铁地告诉孩子们：“你爸爸会回来的。”

究竟什么时候才能回来？陆奶奶心中也没有底，但是她除了相信自己的丈夫会回来，不知道自己还能怎么做。

因为家里没有当家人，在大家庭中，陆奶奶受尽了委屈。大冬天里，她丈夫的大哥拎着她大儿子的双腿，往水缸里淹。儿子当时的哭叫声，至今仍会在某个午夜梦中响彻在陆奶奶的耳边。

“太欺负人了。”这个慈眉善目的老人，说到这里时，忍不住皱起了眉头，“他们想把我们赶走，这样他们就能多一份粮食，多得一份家产。这些我都不在乎，但是我怕我走了后，我丈夫回来就找不到我们了。我只能忍着，等着他回来。”

陆奶奶的女儿听到这里，十分气愤地问道：“您怎么没跟我说过呢？我都不知道大哥有这段经历。”

“你大哥到现在都怕水，夏天不管多热，别人家孩子都去河里游泳，你大哥坐岸边看着，他不敢去。就是那时候吓的。”说起儿子受的罪，陆奶奶的眼里尽是心疼。

“那您就没有动摇过？没有想过，如果他真的回不来怎么办？”我问。

陆奶奶沉思了一会儿，坚定地摇着头，回答：“没有，那么多人跟我说他回不来了，我都不相信，我认定他一定会回来。”

就凭着这份虚无缥缈的信念，陆奶奶等过夏天等秋天，等过了多少个季节，等过了多少个阴晴圆缺，终于将她丈夫等回来了。此时，时间已经过去了5年多，最小的孩子见到眼前这个男人，都不知道这个人就是自己口中的“爸爸”。

“这么多年过去了，您还记得当时的情景吗？”

“记得，那一刻呀，这辈子也忘不了。”陆奶奶眼睛里闪烁着光芒，继续说道：“当时我正在烧火，就听见我大闺女慌慌张张地跑进来，脚还没踏进门呢，就说‘妈，我爸回来了’，我一扭头，他就站在门口了，就那么笑着看着我，我整个人都僵住了，直到柴火烧到了手，才清醒过来，说了句‘你终于回来了’。”

“就这样？没有立刻跑过去拥抱一下？”我笑着问，脑海里浮现出无数个久别重逢的画面，喜极而泣的、紧紧抱住不撒手的，甚至还有掐自己两下的。

“那多不好意思呀，一大家子人都在旁边看着呢，还有小孩子。后来他被拉进正屋，我一个人在厨房里烧火，眼泪就哗啦哗啦地流下来了，边流边用手抹，但就是怎么也控制不住，等饭做好端上桌，一桌子人笑得前俯后仰的，原来我的脸都变成花猫了。我还记得，那顿饭，他吃了5个大馒头，说自己在战场上，做梦才能尝到这个味道，那天终于吃上了。”

一场久别重逢，就在这样的波澜不惊中度过了。没有那么多煽情的画面，但是陆奶奶说的每一句话，即便相隔了这么多年，再次讲出来，仍旧饱含着深情。

“他回来后很长一段时间，我半夜会忽然醒来，然后摸到他还在我身边，我才放心地继续睡下。他没回来的时候，我总是梦见他，可醒来后，他却不在身边。然后我就睡不着了，睁着眼睛等天亮，无数次想象着，天一亮，他就推门进来了。”

“听了您和您老伴之间的故事，我忽然觉得，最动人的感情不是轰轰烈烈，充满了甜言蜜语，而是这样细水长流的。”

“这辈子，他也没跟我说过什么甜言蜜语。15 岁我俩就结婚了，懂啥爱情呀，感情都是慢慢培养出来的。跟他过了 70 年，在白金婚的纪念日上，他跟我说‘孩他妈，你这辈子跟着我，辛苦了’，那是我这辈子听到的最动听的一句话了吧。一下子觉得自己没有白等了那么多年。”说到这，陆奶奶的眼圈红了，她曾经受了那么多的委屈，就算别人不懂，至少她爱的那个人懂，就值了。

在我离开前，陆奶奶给我讲了一件有意思的事情。在其老伴弥留之际，陆奶奶曾跟他开玩笑，问：“当初组织上给大伙介绍媳妇，你咋就没领一个呢？”

“没有。”

“你就没有丁点的念头，想要再娶一个？”

“没有！”

“真的没有？”

“没有！就是没有！”

见老伴有些急了，陆奶奶笑了。其实这个答案，她早就预料到了，否则她又怎么能坚定地等那么多年呢？

在送我出来的路上，陆奶奶的女儿对我说：“我妈这辈子最大的心愿就是能够入党。1960 年的时候，全国人民的日子都过得是穷日子。我爸爸在部队上工作，每天在食堂吃饭，食堂发给他的窝头，他不舍得吃，带回来给我们，但是大家伙一起吃的咸菜，他没有带回来过一根。组织上看我爸这样，就找我妈谈话，同意她入党，但是却被我母亲拒绝了。为了能让我们吃饱，逼不得已的时候会买高价粮，可如果我妈入了党，她就必须要以身作则，不能再买黑市的高价粮了。”

“那陆奶奶感到遗憾吗？”我问。

“我也问过我妈，她说‘遗憾肯定是有，但是从来没有后悔过。’作为一个母亲，为了让孩子们能够吃饱，她当时没有别的选择。”

听着这话，我脑海中再次浮现出陆奶奶的样子：满头的银发，如秋日里的第一道霜，饱经风霜的脸上，印刻着岁月走过的痕迹，那明亮深邃的目光，诉说着道不尽的沧海桑田。阳光透过窗户，照在她的身上，她便如一尊菩萨般，周身散发出温暖的光晕。

回看老人这一生，就像是一趟没有回程的旅行，沿途中有数不尽的坎坷泥泞，但也有看不完的风花雪月。

信仰，是一辈子的事

在我接触的这些老人中，有很多都曾经参加过革命工作。在他们的心中，有一团来自灵魂，来自生命，如火焰般炙热的力量，那么清晰，那么忠诚，那么坚不可摧。每次和他们交谈完，我的灵魂都会经历一次震撼和洗礼。

记得那还是入秋没多久的时候，早上的天气已经有些微凉了。两个小护士手拉着手，挡在大门口，嘴里说着："不行啊赵大爷，绝对不能让您一个人回去。"

被唤作赵大爷的老人，戴着一顶黑色的小毡帽，上身穿着一件黑色的对襟布料上衣，下身穿着一条灰色的毛料裤子，看这身打扮，老人像是要去参加什么重要的聚会一般。见两个小护士丝毫没有让开的意思，大爷脸上满是焦急之色："我给我儿子打电话了，他今天出差回不来，我闺女也有事来不了。所以我必须得亲自回去一趟，我向毛主席保证，交完党费我就回来。行不行？”老人边说，边举起右手做出保证的手势。

“不行……不行……”两个小护士脑袋摇得像拨浪鼓一般。赵大爷一听这话，气得哆嗦着伸出两根手指头，指着两个小护士说：“你们俩……你们俩，怎么就这么不懂事呢？我这辈子没有晚交过一天党费。”说到这的时候，老人将两根手指头变成了一根，伸到护士们的面前，忽然他又想起了什么似的，收回了手，从口袋里掏出一个旧手绢，一层一层地打开，从里面拿出了一百多块钱，递到护士面前，说：“你不让我去也行，那你帮我把这钱交了去。”

护士这下为难了，两个人交换了一下眼神后，年龄稍长的那位说：“我们也不能出去，您就明天再交吧，好吗？”

“不行！”赵大爷立即反驳道，“我从当上党员的那一天开始，从来没有晚交过，都是争取第一个交。”

双方正在争执不下的时候，护士一扭身看见了我，便连忙转移了话题：“呀，您来了。今天打算采访谁呀？要不今天采访采访赵大爷吧？赵大爷参加过抗美援朝，身上故事可多了。”

我被这突然塞进来的采访对象打得有些措手不及，但好在及时反应了过来。一旁的赵大爷，一听说要采访他，也忘了自己要去交党费的事，睁着大眼睛打量着我，好奇地问："你是记者呀？你要采访关于打仗的事？"

我就势点了点头，说："对，我想了解一些打仗时期的事，您能给我讲讲吗？"

赵大爷听后，把手里的钱再次一层一层地用手绢包裹起来，然后说："问我你就算找对人了。经历过战争的人，要么就是已经死了，要么就是正走在通往死亡的路上。我正在路上走呢，走到头之前，还能跟你说道说道。"

我们在院子中找到了一处阳光普照之地，护理师给赵大爷搬来了一个藤椅，我就坐在赵大爷旁边的石灰凳上，听他讲起了过去的事。

"我 16 岁那年，部队到我们村里征集志愿军新兵。当时，我在井边挑水，因为天太冷，手冻僵了，一个没留神，刚打起来的一桶水，'噗通'一声又掉进井里了。我正心里生闷气呢，就听见有人喊'征兵啦'，我扔下手里的桶，就去报了名。当时来征兵的营长见我人高马大的，当即就录取了我，然后我就跟着大部队跨过了鸭绿江，进了朝鲜。到了朝鲜的第一天，我们在一个村庄休整，就赶上了美军的飞机轰炸，几乎是顷刻间，整个村庄被烧得一片通红，我耳朵里全是小孩儿、女人、老人的哭喊声，亲眼看见一个当地妇女被炸伤，还努力要把孩子护在自己的身下。我就想呀，这要是不把美帝国主义赶出去，那下一个被烧成火海的，兴许就是我的家乡。当时我心里那股战斗的火焰就燃烧起来了，想立刻冲上战场，跟敌人拼个你死我活。可惜呀，我刚打了一场仗，就负伤了。看我这条胳膊没？”赵大爷说着，伸出了自己的左臂。

我仔细一看，才发现那条胳膊上的肌肉已经严重萎缩了。赵大爷用力动了动，我才知道这条胳膊已经伸不开了，只能弯曲着，随后，赵大爷说出了当初负伤的过程：“炸弹就在我身边爆炸的，听着一声巨响，我就感觉自己的身体飞起来了，然后就什么也不知道了。等我醒来的时候，我就躺在后方了，头上、胳膊上、腿上都缠着绷带，照顾我的护士说，我的胳膊有可能要落下残疾。我的眼泪哗啦哗啦地就流下来了，不是心疼自个儿，我才打了一场仗，还没得功勋章呢，这就先没了一条胳膊。哎……后来这胳膊真的落下残疾了，腿走路也有点跛。我看着自己那个样子，心想：再留在战场上，只会成为大家的累赘，就申请了回乡，当时我的营长对我说，不管在哪里，都能为国家的稳定贡献一份力量，不仅仅是战场上需要我，地方更需要。这话给了我很大的安慰。回了我们村后，我在村里当了大队书记。隔了几年，国家又给了二等残疾的补贴，还选拔我入了党。宣誓那天，我激动地话都说不出来，没想到啊，我没有为国家做出什么贡献，国家却一直惦记着我。

“此生我最自豪的事情，就是加入了中国共产党。所以每年交党费时，我都特别积极，争取第一个交。后来退休了，跟着我儿子住到了城里。每次到了交党费的时候，我就走回村里交去，交完再回来。后来年纪大了走不动了，我就站在集市上等着，看到有我们村的人来赶集，我就让他给我捎回去。现在住这来了，找不到同村的人了，我就只能让我儿子帮忙了。”

上次，赵大爷的儿子有事，不能帮他回村交党费，赵大爷就一个人去了。回来的时候坐错了车，下车一看是完全陌生的地方，伸手一摸，自己又忘了带手机。拦了一辆出租车，结果因为说不清自己住在哪，出租车司机就走了。老人就沿着路边走边问人，结果走反了方向，越走越远，走了快 4 个小时，终于看见了一辆警车过来，犹豫了半天，还是将警车拦了下来。警察把老人带回了警局，得知他没吃饭，又给他买了几个包子。等儿子赶到警局接他的时候，他都快睡着了。

“其实，我喜欢自己回村里，看着熟悉的人和房子，我这心里就踏实。知道谁家儿子考上大学了，谁家娶新媳妇了，谁又当上大队书记了，谁家养猪致富了，这些零碎的小事听到我耳朵里，我回来能高兴上好几天。”

我们正说着话，赵大爷的孙女来看他了，一看见自己的孙女，赵大爷的眼睛马上就亮了起来，立刻抓住他孙女的胳膊，生怕她跑了似的，说：“我正愁着呢，你就来了。正好一会儿你回去的时候，回村里一趟，把我这党费给我交了。”

赵大爷的孙女接过那块老旧的手绢，一层一层地打开，数了数，笑着问：“爷，没我跑腿费呀？”赵大爷脖子一横，瞪着眼睛说：“给你爷跑腿还要钱。没有！”紧接着又换了一副笑模样，接着说：“小时候天天给你买糖葫芦。现在该你孝敬我了。”

赵大爷的孙女眼睛一翻，笑着对赵大爷说：“我怎么不记得您给我买糖葫芦了呢？就记得您使唤我了。”然后，爷孙俩都笑了起来。

临走时，我跟赵大爷的孙女同路，路上我们闲聊了起来，说到赵大爷的为人，我由衷赞赏道：“赵大爷是个有信仰的人，他对信仰的虔诚，让我感动。”

听我这样说，赵大爷的孙女忽然想起了一件事。她说爷爷当年在村里当书记时，每年过年，发给党员的福利，是一张年画。赵大爷每年负责将年画送到村里的党员手中，有一年，一个老党员搬去外地闺女家了，赵大爷怕把年画丢了，就带回了家，用报纸包起来，藏在毛主席像后面，谁也不让动，等着那人回来领取。结果那人再也没回来，那张年画赵大爷就一直保存着。

赵大爷的孙女回忆起这些，说：“我记得我那时候年纪小，看着我爷爷藏东西，就非要打开看看，但是我爷爷死活不给我看。他说这是别人的东西，不能随便动。现在那张年画还在我家呢，我爷爷还在家住的时候，每年都会换一张新报纸，重新包裹好。其实，那个老人比我爷爷大得多，早已经去世了。”

当说到赵大爷坚持缴纳党费这事时，赵大爷的孙女显得很无奈：“其实根本没人跟他要，他都这么大岁数了，可是他却坚持一次不落地交，家里最困难的时候，他宁可饿肚子，也绝不会用他预留下来的党费去买米买面。小时候我只要一看见我爷爷穿戴整齐，又是洗脸又是洗头的，我就知道他又要去交党费了，每次回来都是满脸的喜悦。仔细想想，我也挺佩服我爷爷的。”

说完，赵大爷的孙女爽朗地笑了起来。不止是她，我在听过赵大爷的故事后，又何尝不是满心的敬佩之情呢？**在这个物欲横流的社会里，人很容易产生迷茫的情绪，内心的信仰也会遭受到侵蚀和动摇。但是，不管社会如何变换，总有那么一群人会坚守着自己的内心，从高壮的少年，到步履蹒跚的老人，对他们而言，老去的是岁月，不变的是信仰。**

宁做丧家犬，不做亡国奴

我刚刚确定要采访养老院的老人时，请护理师帮我推荐一些老人，护理师想了想，首先就推荐了邢存厚老人。护理师说，老人的生活习惯特别好，每天早晨 5 点起床，读书看报，吃过早点以后，就练练字，有时候还会拉着护理师陪他踢会儿毽子。

听着护理师的描述，我的大脑中逐渐出现了一个人物形象：穿着中山装，戴着眼镜，温文儒雅，举手投足之间风度尽显。

然而等我见到邢大爷的时候，却发现他与勾勒出的形象完全不符，他没有戴眼镜，甚至皮肤还有些黑和粗糙，身上穿着一件褐色的衬衣，外面套着一件有很多口袋的马甲，下面穿了一条灰色的长裤，还有一双运动鞋，这副打扮更像是一个农民伯伯，而不是护理师口中那种博学多识的老人。但是老人一开口说话，我立刻就感受到了一股不一样的气场。

一见到我，老人就做了自我介绍，老人姓邢，今年72岁了，出生在天津和河北的交界处，因为家庭条件不错，到了五六岁的时候，家里送他去私塾上了学。

“那时候我年龄不大，但是上课第一天讲的内容，我可记得清清楚楚。先生第一天教我们写的就是‘学习’两个字，哎呀，那个‘学’字把我难得呀，怎么也写不好。第二天，先生教我们学的就是‘中国’两个字。后来又教了很多字，字认得差不多了时，先生在黑板上写了一句话‘宁做丧家犬，不做亡国奴’。”

邢大爷说出这句话的时候，一脸的肃穆，像是宣誓一般，说得字字有力。当时抗日战争已经接近尾声，天津最先被解放，但是还有很多地方在进行着战斗。先生教邢大爷学习的每一个字，都有着深深的历史烙印，教书先生希望自己的学生首先学会“学习”，然后懂得“爱国”，那爱国之情，就是“宁做丧家犬，不做亡国奴”，这十个字就像是钉子一般，钉进了邢大爷的心里，后来他就参了军，成了部队里的一名工程兵，主要负责测量这方面的工作。

凭借着自己的努力与刻苦，邢大爷将业务知识掌握得十分牢固，在整个军营中，都是数一数二的，也因此从一名普通的士兵变成了士官。但是好景不长，各种运动接踵而来，邢大爷因为家庭成分不好，无法提干，到了退役的年龄，邢大爷选择了回自己的家乡种地。其实比起种地，邢大爷当初也有更好的选择，比如当一名工人，或是选择一家企业，但是由于身份问题，分配成了部队的一个难题，思来想去后，邢大爷认为自己不能给部队添麻烦，所以选择了回乡。

在家乡，邢大爷娶了妻生了子，平平淡淡地过着日子。忽然有一天，家里来了很多陌生人，见了他先握了握他的手，询问了他当初当兵时的情景，之后就兴奋地说："总算找到您了。"原来来者是他原来部队的人，在一项工程中，遇到了技术难题攻克不了，于是部队的一些老干部就想到了曾经的邢大爷，经过多方打听，他们终于找到了当时已经 50 多岁的邢大爷，而邢大爷也没有让他们失望，帮着他们解决了技术上的难题。部队上为了表示感谢，要给邢大爷一些报酬，但是邢大爷却死活没有要。

他说："能够为国家、为部队尽自己的力量，是我的骄傲，只要我还能动，只要部队需要我，我在所不辞。"

当场听到的那些人都被邢大爷的话感动了，但是邢大爷却认为这是理所当然的事情，他没有忘记上私塾时，先生教的话，作为一个中国人，一定要爱自己的祖国。从邢大爷的话语中，我感受到了浓浓的爱国之情和集体荣誉感。

这些话说出来，可能会让人觉得太过于冠冕堂皇了，但这却是我与邢大爷聊天时，真真切切的感受。

期间，邢大爷还从抽屉里拿出了他的一本相册，相册的封面都已经磨得发白了，边角处露出了封皮里面的材质，看得出，这本相册经常被拿出来翻阅。“我怕放在家里，孩子们当没用的东西给扔了，我就带到养老院里来了，没事做的时候，就拿出来翻翻，回忆回忆。”

我将相册捧在手心里，沉甸甸的，全是岁月的分量。翻开第一页，上面都是很小的黑白照片。邢大爷指着其中的一张，对我说：“这是我父母亲，这是我哥哥姐姐，怀里抱的这个是我，我还有一个妹妹，拍这照的时候还没出生呢。”然后又指着一个拿着拨浪鼓，穿着一身“地主服”的胖胖的小男孩儿，说：“这是我三岁的时候。”

我仔细地看了看，虽然那是黑白照，但是还是可以看出邢大爷小时候很白，跟现在的肤色完全不一样。“您小时候白白胖胖的，还挺可爱的。”我说道。

邢大爷摸摸自己现在已经黑黢黢的脸，笑着说：“我当兵走那会儿，那白着呢。后来天天在外面搞测量，有时候就在荒山野岭里，风吹雨打的，有时候就是一片平原，连个遮阳的树都没有。那脸上耳朵皮晒脱了一层再长一层，再晒脱一层。我退伍回家后，我妈看见我都不认识我了，要不是我叫了声妈，她还以为走错门了呢。回家以后又天天下地干活，那可真是‘锄禾日当午，汗滴禾下土’呀，所以这脸色就再也没变过来。”

时间让邢大爷从一个英俊的白面小生变成了粗糙的庄稼汉子，“您脸上这叫‘岁月的痕迹’，只有经历丰富的人，才能拥有呢！”我看着邢大爷，半开玩笑似的说。邢大爷被我这个说法逗乐了，哈哈地笑了起来，露出一排被烟卷熏黄的牙齿，不住地点着头说：“对，对，这就是‘岁月的痕迹’。”

很厚的一本相册，很快就翻到了底，我也几乎见证了邢大爷的一生。年幼时的娇憨可爱，当兵时的威武阳刚，人到中年时的平和淡定，有了孙子孙女时的满足幸福，几乎都浓缩到这一本小小的相册里了。翻到最后一页，一张照片引起了我的注意，那是一张邢大爷外出旅游时拍摄的照片，背后的景色看着像是台湾的日月潭，邢大爷一脸庄严地对着镜头敬了一个军礼。

“这是……”我的话还没问完，邢大爷就回答道：“这是去台湾旅游时照的照片。”

“怎么就这一张旅游时候的照片呀？”我又重新翻起前面，怕自己在翻看的过程中有所遗落。

“别找了，就这一张。”邢大爷说，“我这辈子没出去旅游过，唯一一次就是去了台湾。”

我冥冥中觉得，邢大爷选择去台湾旅游，一定有他独特的意愿，果不其然，邢大爷告知了我原因。

“我去台湾前，从天津抓了一把黄土，然后装在口袋里上了飞机。到了台湾，我们第一站就去的日月潭，我将从天津带去的黄土，撒在那里，然后又从台湾捧了一把黄土回来，撒在了天津。虽然现在相隔两岸，但我们都是中国人。”老人说着，捧起了双手，仿佛那捧黄土还在他手中一般。

说起自己的台湾之旅，邢大爷的神色暗淡了下来。“我去阿里山玩儿的时候，遇到了一个年龄相仿的人，他是当年打仗的时候过去的，一听说我是从天津过去的，两行泪‘唰’地就流下来了，忙问我知不知道天津一个姓马的人家，他说的那个地点，我在天津长大都没有听说过，那是他的故乡。他当时就拉着我的手，不肯松开，说他退休以后就到阿里山这边卖点小东西，为的就是能够碰到家乡人，半年多了，就碰到我一个。

“他说起自己当初被抓壮丁，连句招呼都没跟家里打，就跟着部队走了。然后就到了台湾，两岸关系紧张，他就只能望着海岸线，脑子里回忆家乡的模样。后来能够回来了，他回到家乡却找不到原来的家人了。有人说，他走以后，他妈妈在河边看到他的鞋，以为他游泳时候淹死了，悲痛之下，自己也跳河自杀了。还有的说，有一年得瘟疫，村里死了不少人，也许是那时候死的。后来他又回去找了几次，但都没有什么收获。

“得知我去的时候，手里捧过一捧黄土，他紧紧地抓住我的手，很久都不愿意松开，后来我走的时候，把我装黄土的那个袋子留给了他，他像得到了稀世珍宝一样，小心翼翼地折叠好，放进了衣服里面的口袋，靠近胸口的位置。”

听邢大爷说完这些，我对他的敬佩之情，就像滔滔江水一样一泄而出，更加让我佩服的是，他就如你我一样，就是一个普普通通的人。沉默了一会儿后，邢大爷说：“我就是个普普通通的农民，无法再为祖国做什么贡献了，我唯一的一点心愿，就是祖国能够繁荣昌盛，早日统一。”

邢大爷说得淡定从容，我却听得心中掀起了涟漪，想要将老人的这一刻定格为永恒，“大爷，咱俩合个影吧。”说完，我拿出手机，打开了自拍功能。

邢大爷一听说要照相，立刻挺直了脊背，将衬衣最上面那一粒扣子扣住，然后将衣领整理整齐，对着镜头露出了一抹微笑，“笑得开心点呀！”我举着相机，对着自拍镜头里的邢大爷说，他老人家被我这句话逗乐了，“扑哧”一声笑出了声，与此同时，相机也发出了“咔嚓”一声。

离开前，我向邢大爷要了一幅字，他提起笔来，就写了这样一句话：“书山有路勤为径，学海无涯苦作舟。”那个“学”字写得尤为苍劲有力，让我想起他一开始讲起的私塾上学的事，觉得“学”字那样难写，但是他却真真正正地“活到老，学到老”，老师教会他“中国”，告诉他“宁做丧家犬，不做亡国奴”，他便将“爱国”作为自己一生的追求与信仰。

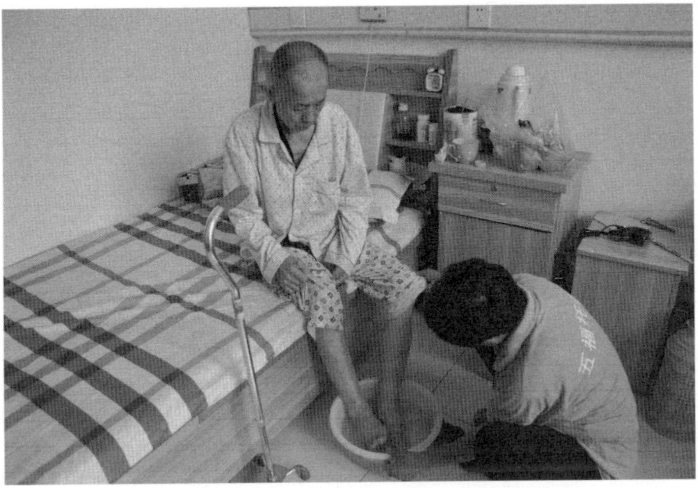

五福托老院的护理师正在给老人洗脚。

爱心足业给老人定期护理脚部，修剪指甲。

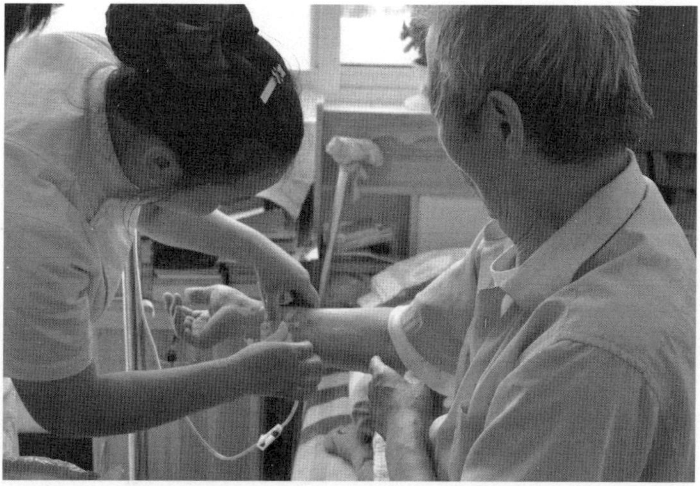

厚德托管院的护士正在给老人耐心地扎针。

老人的子女在养老院给老人按摩，陪老人说说话。

第3章
耿耿于怀的人和事也都老了

遗憾之于我们，是比天灾人祸更不愿看到的事情。因为无数次外界因素的干扰与内心进退两难的抉择，使我们在有能力去改变的时候选择了放弃，而后又在许多平凡的时光里增添了懊悔。那些懊悔及耿耿于怀的人和事又会在岁月中模糊成镜像，乘着记忆的曲线消失殆尽。

此生最对不起的人，是俺娘

前段时间网上流传一句话："你养我长大，我陪你到老。"这句听起来很温暖，甚至有几分煽情味道的话，真正做到的又有几人呢？单是一个"陪"字，就难倒了许多人。如果说人这一生会亏欠谁，那么这个人，必是自己的父母。

卢婶，今年 81 岁了，她是个很爱笑的老人，兴致好的时候还会唱几句京戏，那嗓音，那腔调，如果有机会去唱戏，说不定还能成个角儿。可在命运的安排之下，她只能成为一个普通的老人，和患脑溢血瘫痪在床的老伴一起住在养老院里。

自此之前，都是卢婶一人照顾患病在床的老伴，儿女们都有了自己的家庭，她不愿意给儿女们添负担，所以硬是撑着自己并不怎样的身体，给老伴做饭、洗衣服、换尿布……儿女们自然也都看在眼里，所以一起合计着给他们老两口雇个保姆。卢婶一听说要给她雇保姆，有些着急起来，她虽然没有上过学，但是算起账来一点也不含糊。她自己在心里算了一笔账，雇保姆不如住进养老院来得合算。于是，当儿女们再提起雇保姆的事情时，一向很少自己拿主意的她，斩钉截铁地告诉儿女们，她要住进养老院，而且连地方都找好了。

就这样，儿女们都还没有反应过来，卢婶就带着不能动弹的老伴住了进来。“在这不错，我不用自己做饭了，一下子觉得轻松多了。”说完，卢婶笑了起来，80多岁的她，露出一排整齐的白牙，后来我得知，这牙还是真的。

卢婶跟我说话的时候，她的老伴就一直侧躺在床上看着她，卢婶偶尔回过头看看他，两人相视一笑。

“你们老两口感情很好呀。”我不禁有些羡慕地说。

“嗯，我比他大一岁，但是他让了我一辈子。”卢婶看着老伴，一脸满足的表情，“他还能动弹的时候，什么活都不让我干，他知道我身体不好。现在他不能动了，换我照顾他了。”

“你们也是经媒人介绍的吗？”我问，那个年代的婚姻，大抵都是这个样子。

“嗯，就见了一面，我嫌他眼睛小，但是我爸妈说他家家庭成分好，我就嫁了。”卢婶说到这里，还露出了些许嫌弃的表情，她的老伴也咧开嘴笑了。看得出，卢婶年轻的时候，在十里八乡也算得上是一个美人。

“但是他妈妈，我婆婆对我不好。他考上工人以后，我一个人在农村待着。到了饭点，我婆婆就让我去地里干活，给我拿上窝窝头（玉米面做的一种面食）。然后他们自己在家吃馒头。”提起这段往事，卢婶心里的委屈依旧没有散尽。比起丈夫家，卢婶的家庭算是富裕之家，父亲常年在外做生意，母亲在家拉扯着她和弟弟两个孩子，所以日子过得不但富足，而且还深受宠爱。因此，在婆家的待遇，让当时还不满 20 岁的卢婶，就像坐过山车一般，从天堂掉到了地狱。

“我受不了回到自己娘家，俺娘跟着俺一起哭。但是哭过之后，还是又将俺赶回了婆家。”我注意到，说到自己的母亲时，卢婶不由自主地使用了乡音。

“不过还好没多长时间，他就把我接到了城里。”卢婶长叹了一口气，接着说：“可是离俺娘也远了。到了城里，我在食品公司找了个临时工，每天穿着大雨鞋在冷水里洗猪肉。怀第一个孩子的时候，年纪小不懂得，两条腿还整天泡在水里，结果孩子掉了，把我心疼坏了。还好没过多长时间，就怀了第二个，是个丫头，总算是平安生下来了。后来又生了两个闺女，一个儿子。孩子多，挣得少，顿顿都吃不饱。我老伴舍不得吃，把粮食都省下来给儿女吃，饿得上班走路都打晃。”

卢婶说到这些的时候，声音有些哽咽，回头再看看她的老伴，早已老泪纵横了。我轻轻地抚了抚老人的手背，不知道该用怎样的语言去安慰这位伟大的父亲，一个为家庭付出得多，却索取得少的男人。

“后来，我看这样下去不行，就索性带着几个孩子回了老家。老家虽然也穷，但是自己种粮食，总是能吃饱的。回去以后，婆婆对我还是不好，对我的孩子也不好。大冬天的，让我们睡没有暖炕的屋。三闺女还小，冻得一边哇哇哭，一边找爸爸。我一气之下就把她给扔到院子里了，然后娘俩抱着哭。哎……现在想想真是后悔呀，那么小，肯定吓坏了。”

再次回到老家的卢婶，并没有过上“母凭子贵”的日子，相比较起城里吃不饱的日子，在老家这种处处遭家人挤对和冷落的日子，让她更加受不了。更让她受不了的是，自己的孩子也要跟着自己受这份罪。

于是，卢婶也顾不了封建社会那套“嫁出去的闺女，泼出去的水”的理论了。她带着孩子回了娘家。从她到城里以后，这是她第一次回到娘家，几个孩子也是第一次见到外婆，这本应该是一个其乐融融的场面，但是现实却让卢婶难以接受。

卢婶虽然算不上远嫁，但是在通信和交通都还不够便利的当时，回一趟家代表着很贵很贵的路费和很长很长的时间。卢婶跟着丈夫到了城里的日子并不富足，尽管她也做着苦工维持家用，但是每每到了月底，还是会面临着揭不开锅的尴尬。所以，自从和丈夫来到了城里，卢婶就没有再回过家。不识字的她又不会写信，每次写信只能让丈夫代劳，当挚爱亲情之间再隔着一个人时，那些贴己的话，思念的话就只能放到心里了。为了让彼此安心，在信里提到最多的内容，无非就是让对方放心。因此，在卢婶的心中，母亲应该和她离开家时一样。可现实却是，卢婶的母亲傻了，并且已经不认得她了。每天坐在自家的老槐树下，嘴里不停叨叨一句话："俺闺女忘了俺了。"当这句话从卢婶嘴里说出来的时候，眼泪也从卢婶的眼眶里流了出来。

"俺娘傻了。想闺女想傻了。"卢婶一边用衣袖擦拭着眼泪，一边哽咽地说。"那时候就那么穷，穷得连回趟家都不舍得，总想着省下点钱，孩子就有的吃。以后日子好过了，再回家看俺娘。可是俺娘没等到呀，直到死，还是傻的，还在说'俺闺女忘了俺了'。"

是怎样的思念？让一个老人从清醒到糊涂，当自己最想念的人站在自己面前时，却再也认不出？我无法想象卢婶在面对这一切时的感受，那种无助，那种悔恨，那种愧疚，足以将一个人吞没吧。

看着久久无法平复心情的卢婶，她老伴嘴唇翕动着，发出沙哑而单调的音节，似乎在说："别哭了。"见卢婶的眼泪还在流，又慢慢地伸出颤抖的手，想要为她拭去眼泪，但是无奈自己动不了，而卢婶坐得又有些远，那只手就一直在半空中，哆嗦地悬着。

“俺对不起俺娘呀！这辈子俺没对不起过任何人。俺婆婆对俺不好，俺没有做对不起她的事。但是俺娘处处为俺着想，人都傻了，还腌了一罐子咸鸡蛋，谁也不让碰，说是给俺留的，而俺却没在她清楚明白的时候服侍过她一天。她知道在城里日子不好过，就给俺们寄小米，寄香油，有时候还给钱。俺从老家再回城里的时候，俺爹给俺带了那么多东西。可俺却没有孝顺过他们一天，对不起他们呀！对不起……”卢婶一连说了很多个对不起，或许，在卢婶的心里，还堆积了无数个对不起，可是她却再也看不到那个能让她说出“对不起”的人了。

卢婶的母亲病逝前，老家来了消息让她回去，她一听说母亲要走了，整个人一下就瘫倒在地起不来了，在床上躺了整整两天，她才睁开眼睛，拖着虚弱的身体，坐完火车坐汽车，坐完汽车又坐毛驴车，等赶到母亲家时，母亲早已经躺在棺材里一整天了。据说，临闭眼前说的最后一句话，还是“俺闺女把俺给忘了呀！”

“树欲静而风不止，子欲养而亲不待。”我们总以为父母不会老去，他们会永远像孩童时代一样，陪在我们身边，却不曾注意到，岁月早已斑白了他们的黑发，在他们的脸上刻下了再也无法抹平的痕迹。**这个世界上，有太多的遗憾，都是因为我们认为自己还有机会去做而错失的。时间对于我们，从来都不会手下留情，它会在我们还不懂得珍**

惜的时候，一点一滴地带走我们最珍贵的、最重视的东西。

“您别自责了。”我想了很久，也不知道该用什么样的言语来安慰眼前这个深深陷入自责与愧疚中的老人，因为这种自责与愧疚这辈子再也没有弥补的机会了。“没有父母会真心怪自己儿女的。他们所希望的，不是儿女常年伴在自己膝下，而是儿女生活美满幸福，那对他们而言，就是最大的安慰了。您看，日子虽然过得苦，但是现在不是也挺富足吗？膝下儿女成群，而且各个孝顺懂事，老伴就算不能动了，还是懂得心疼您。这不就是您母亲最希望实现的愿望吗？”

卢婶很认真地听完我说的话，说了声“对”，然后长舒了一口气，又说了一声“对”。“俺娘就是担心俺过不好，担心俺受气，才会总是想着俺，想俺又见不到俺，就病了，就傻了。”

岁月或许会带走母亲的容颜，带走她的智力，但是却始终带不走她对儿女们深深的爱。孔子曰：“父母在，不远游，游必有方。”意思是说，父母健在时，子女的义务，便是在家陪伴父母，与父母共同生活，或是赡养父母，或是照顾父母。如果必须要离开父母身边，那么一定有明确的方向，不让父母担心。父母对儿女的爱，千言万语不过就是一句“牵挂”，没有父母会愿意让儿女成为自己羽翼下永远长不大的“小鸟”，他们所在乎的，只是儿女们过得好不好。

儿女们只要生活得幸福美满，那么牵挂也是甜的；如果儿女们过得不好，那么牵挂就会成为万般滋味萦绕在父母的心头，或是苦涩，或是酸楚，融汇成一种痛苦，搅得他们寝食难安。

过了很久，卢婶的情绪才慢慢地平复下来。她又露出了笑容，走到床前，攥住老伴的手，用力地握了握，然后将老伴的手轻轻地放回了被子里，再用手掖好被角。

“他现在是动不了了，能动的时候，我也享福了。有一次，都晚上十点多了，我胃疼了一天什么也没吃，到了睡觉的点，忽然想吃蛋糕。他听了，从被窝里爬出来，就要出去给我买。他那时候已经得病了，走路也不利索，我不让他去，他还非要去。就那样走一步，哆嗦一步，打着手电筒，从坑坑洼洼的小巷里走到大街上，走了很远的路，终于找到一家还没有关门的小卖铺，从里面买了一兜子也不知道什么时候生产的蛋糕回来。那蛋糕可难吃了，可我一下子吃了好几个。”卢婶说的时候，我看见她眼睛里有幸福的光束在闪烁。

后来，卢婶的大闺女家里做了老人爱吃的饺子，所以将老人接走吃饭去了。护理师告诉我，老人经常被儿女们接走，有时候是女儿，有时候是儿子，待上个三两天再回来。

时光太短，很多事情不去做，就永远也没有机会做了；很多人不去陪，就永远没有机会去陪了。卢婶用自己此生的遗憾，也换来了这一生的幸运。

其实我想嫁到城里来

有些人抱怨自己的出身不够好，婚姻不够美满，怨气积攒了一辈子，遗憾悔恨了一辈子，到头来却仍要怀念，那些看似劳苦愁烦的日子，最后在记忆里都会变成无法替代的，弥足珍贵的私藏岁月，若不是细细品味，还真以为他们一直怀恨在心。

乔婶就是这么一位“满嘴抱怨”的老人，今年 82 岁了，因下肢瘫痪而不能自由活动，但她的头脑十分清晰，说起话来铿锵有力，似乎有一股力量，无处释放。

她先是让专护（专业私人护理师）给我洗了一个大桃，然后让我坐在床上和她聊天。按道理，我是不该拿老人的食物或者物品的，但她的态度十分强硬，并且一个劲儿地强调这是她自家种的桃，我才万分感谢地接过。

吃了她的桃子，也慢慢地靠近她的内心，在简单的对话中，我了解到，她家中有两儿两女，在附近的山上有一片桃树林，每年供予外界食用的桃子产生的利润，足以养活全家。她的大儿子守着这片树林，负责每年的桃园看管，净赚十几万不成问题，她的二儿子在事业单位上班，如今也熬到了退休，在家颐养天年。她的孙子也有了孩子，孙女考上了国外有名的大学。这么美好的日子，甚是让人羡慕，有多少人能熬到自己的子孙后代事业有成、家庭幸福呢？

“您年轻时候做什么工作的呢？”怀着羡慕的心情，我继续问。

“嘿，别提了，不想说啊……”乔婶立刻露出一副有苦说不出的模样，我还真有些怕她不想说。可是后来，我发现我的顾虑是多余的，还不等我问，她便自顾自地说起来：“我这一辈子可是让我爸给害惨了！”

随着乔婶的故事娓娓道来，我也大概明白她为何总是抱怨父亲害惨了她。

乔婶年轻的时候，是一个具有新时代气息、思想进步的女青年，因为她横溢的才华、超前的思想被村民选为计划生育主任，一心想为百姓做点实事。可是，乔婶的父亲却不觉得这是好事，由于正好经历了动荡的年代，那些旧思想、封建的传统仍然残存在百姓心中，所以“女孩子不能抛头露面去工作”这件事在她父亲心中是根深蒂固的，谁也动摇不了。

从那时起，乔婶想要跟上新时代的心和父亲百般阻挠的心就纠缠在了一起。恰逢乔婶年轻气盛，越是父亲不乐意的事情，她就越是想试试。最开始的时候，她还可以坚持，每次村里开会她都想方设法地去参加，也积极参与各种集体活动。可是，她的父亲却从来没有退缩的意思，从最开始的口头阻挠，逐渐演变成只要她一溜出去开会，父亲一准骑着自行车在后面追着，让她不能全心全意地工作，上演了几次猫捉老鼠的游戏之后，她终于选择了妥协，放弃了能实现自我价值的工作，安心做起了家庭主妇。

偶尔，她会在言语中透露出对父亲的恨，恨他当时为何毅然决然地逼她回归家庭，恨他为何要让自己在能够闯出一番事业的时候强迫她回家，但是，她最恨的，还是他逼她嫁给了邻村另外一个男人。

“其实，我是想嫁到城市去的。”她吐露心声。

那个年代，像她这样，怀有满心抱负和情怀想闯出一份事业的女生是不多的。她总觉得农村已经没有太多人可以理解她了，而且，她想要去外面的世界看看。可是，这一切，又硬生生地被父亲阻隔了，而这次，则是一辈子，让她永远不能遗忘。

乔婶三四岁的时候，父亲就替她做主，许给了邻村一户人家。这怪不得父亲，因为动荡的时局，贫苦的生活，让农村人嫁娶都成了问题，为了能更好地成家立业，人们往往会选择在孩子们还小的时候，提前订好亲家，名为“下帖子”。

当乔婶得知自己早已被许给邻村一个小伙子的时候，当时就崩溃了。父亲为何总是一副高高在上、独断专横地安排自己的人生？

“我爸爸非要让我嫁给我老头儿，可其实我想嫁到城里去，过更好的日子。我妈当时就哭，我妈心疼我，我又倔。我非得不嫁，我妈就因为这事整天跟我爸吵架，我整整两个月没怎么吃东西，把我妈心疼得不行。她就对我爸说：‘孩子不愿意就别嫁了呗，把孩子都给饿坏了。’我爸可不这么想，他觉得既然定下了规矩，既然有了这门婚约，那么就应该遵守这个约定，不管男方是好是坏，都是命中注定的，必须让我嫁过去。本来，我心想着饿死我也不嫁给一个农村的男人，但有一天晚上，我爸和我妈因为这件事又吵起来了，而且我爸动手打了我妈，看到我妈替我受苦，我一晚上没睡着觉，第二天就决定要嫁过去了。没承想，我家老头还是个中上等人，比我长得俊，大高个，白白净净的。我嫁过去那天才和他见面。”乔婶微微地笑了，眼睛弯弯像个月牙。

“那他对您好吗？是不是觉得嫁过来也算是嫁对了？”

“他对我一直很好，不爱言语，喜欢钓鱼，什么活也不舍得让我做……”

缘分有时候就是那么奇妙，越是设法想挣脱的，越是能跃过层层障碍来到你的面前。乔婶寻死觅活想要逃开的男人，却成了守护她一辈子的男人。

乔婶的丈夫家里有几亩田地和一大片桃园，是个本本分分的农民。乔婶虽然接受了这样的婚姻，但无法接受守着桃园过一辈子。她五次三番地争取工作，想要通过自己的努力去更高更远的地方看看。未曾想，她的丈夫恰恰是她父亲那样古板不懂变通的男人，认为她应该待在家里守着孩子和桃园。

“他跟我爸一个样，把我给耽误了！可他倒好，自己早早地去了，什么罪也没受，什么坏事也没经历上！”乔婶一脸遗憾又不舍地说，“我们俩感情一直很好，他种桃，我就在家守着孩子，一辈子也没让我吃苦。可就是走得太早了，留下我面对这些糟心事。19 年了，我记得他走了 19 年了。”

乔婶记得很清楚，那天是十一月初三，阴冷的寒冬。下午三点多钟，丈夫躺在床上打算睡会，说睡醒了要找朋友聊聊钓鱼的事情，她坐在床上打算把来年要穿的鞋底纳一纳，还抱怨丈夫整天就知道玩，光知道钓鱼。丈夫喊冷，她就多给他盖了一床被子，边盖边开玩笑地说：“你怎么跟个小孩子似的，还得让人给盖被子。”丈夫依偎在她身边让她觉得日子过得还算幸福，她顺手把线穿上，仅纳了一针一线，丈夫的呼噜声就响起来了。她半开玩笑地小声嘟囔：“咋还开锅了呢？”话音刚落，丈夫的四肢突然僵硬，两脚一蹬，一秒钟时间，死于脑溢血。

乔婶说，这就是一瞬间、一转眼的事，没有一点儿准备，刚刚还开着玩笑的人就在眼前消失了。从那一刻开始，乔婶再也不能肆无忌惮地向谁发脾气，再也不能抱怨家里穷，再也不能嫌弃生活的地方不够大，因为默默倾听的那个人已经不在了。乔婶明白，自己抱怨了这么久，还不都是因为他爱自己吗？

后来，乔婶的大儿子娶了媳妇，儿媳妇像她年轻时一样，年轻漂亮，天资聪慧，只是总抱怨生活在农村看守桃园多少是一种遗憾，她亲眼见过儿子跟儿媳妇因为不满对方的缺点吵架，亲耳听过儿子和儿媳妇因为琐碎小事争执不休，像极了当年她和老伴儿。或许，是因为两个人对未来还充满希望所以才敢于相互伤害吧，可谁又知道下一秒不会出现意外？每当这个时候，她总是想念温柔沉默的丈夫，他不能够给自己富足的生活，却忍下了她所有的伤害；他不能够给自己外面的世界，却给了她一个完整的家。她开始喜欢上了桃园里种的每一棵桃树，每一枚桃子，向每位遇见的人推荐自家桃子的甜。这里面有她寄托的相思吧。

有人说，婚姻是女人一辈子最重要的事，也有人说事业才是女人一辈子最重要的事。对于乔婶来说，无论婚姻还是事业，这两件最重要的事却都不是自己选择的。她曾经那么记恨自己的父亲，又那么排斥自己的丈夫，可到头来，生活却过成了自己想要的样子。

随着岁月悄无声息的流逝，乔婶对父亲的仇恨慢慢变成了一种不可提及的伤痛，她也理解了父亲古板思想下执着的想法，谁不希望自己的孩子过得更好呢？只是作为平民百姓，未敢迈出先进和突破的第一步而已。乔婶对丈夫的排斥逐渐成了一种表达爱意的方式，她也感受到了丈夫细腻的情感和包容，对生活的珍惜和从容，只是她总后知后觉，想要珍惜的时候，他已经走了。

试想，如果乔婶当年义无反顾地离开了家乡，放弃了婚约，此生又是怎样的结局呢？**年龄越大越会觉得，生活中每个人每件事都值得去珍惜，不管我们如何恶语相加，不管我们是否恩怨分明，曾经所有的遗憾总会成为一种无法替代的拥有，因为遗憾而失去的，命运会用另一种方式还给你。**

乔婶头上戴着一个漂亮的发卡，把头发拢在后面，有着一种自然的傲娇和友善，她嘴里说着遗憾，脸上却露着甜甜的笑容，像个自知美满又故意撒娇的公主，对生活进行着回忆。后来，她在树荫下乘凉，我又见到了她。

她又开玩笑地说：“你不认识我了吧？”她笑得很甜，让我想起了采访那天吃到的桃子。同样甜美的，恐怕还有与她记忆里重逢的岁月吧。

此生还不清的债

宋大娘长着一张瓜子脸，皮肤很白，眉清目秀，小巧的鼻子，挺直的鼻梁，两只耳朵因为常年戴着耳环，耳垂变得很大。即使今年已经有八十多岁了，还是依旧能够看到年轻时她俊俏的模样。

在给我讲故事的过程中，宋大娘一提到自己的母亲，眉头间就聚集起一股浓浓的忧伤，眼泪止不住簌簌地掉了下来。

每个人心里都有一个地方被埋在最深处，却一生不忘，那就是遗憾。遗憾有很多种，但是最让人难以释怀的，大多与自己的父母有关。因为往往我们能够感觉到有所遗憾时，父母早已经离开了我们的身边，这种遗憾不像是未完成的愿望，只要活着就还有实现的可能；也不像做错的事情，只要可以重来就不会再犯。这种遗憾一旦种下了，就再也没有机会去弥补了。

我去采访宋爱芝老人时，刚刚过完端午节，电视上重播着不知道哪个台的晚会，旋律十分耳熟，仔细一听，原来是那首《母亲》：

“你身在他乡住有人在牵挂，你回到那家里边有人沏热茶；你躺在那病床有人掉眼泪，你露出那笑容时有人乐开花。啊……不管你多富有，无论你官多大，到什么时候也不能忘，咱的妈！”

宋大娘和其他两个老人一起盯着电视看着，看着看着，宋大妈就无声地哭了起来。事后，她告诉我，听到那首歌时，她想到了自己苦命的母亲，继而又想到了自己对母亲的亏欠。

据说，宋大娘的母亲嫁给她的父亲时，父亲的家境还算比较富裕，所以父亲属于被“捧在手心”里长大的男人，没有什么大毛病，人也很好，但就是很懒。不但家里家外的活从不沾手，就连给别人打工，也是三天打鱼两天晒网。因此，在宋大娘的祖父去世后，他们家的日子一落千丈。

上有卧病在床的老母亲和尚未成年的小叔子，下有三个嗷嗷待哺的孩子，还有一个手不能提肩不能扛的男人，宋大娘的母亲用自己弱小的身躯，扛起了这个家的重担。她每天早晨天不亮就起床，拿着一只碗出去了，到了晚上很晚，才悄悄地回来。将碗里那些为数不多的食物，先分给婆婆和小叔，剩下的再喂三个孩子，最后才轮到自己。当时，宋大娘并不知道母亲从哪里弄来的这些饭菜，后来渐渐懂事以后，宋大娘才知道，母亲是去要饭了。她怕左右邻居看见，会给夫家蒙羞，所以才天不亮就走，天黑了才回来。

宋大娘 5 岁那年，母亲又给她生了一个弟弟，这个男孩儿的到来，并没有给这个家庭带来多少喜悦，反而多了日夜愁苦的叹息声。儿子长大要娶媳妇，可是眼下那种状况，用什么娶媳妇呢？

一晚，宋大娘的母亲被叫进了婆婆的房间，回来时，宋大娘的母亲哭得眼睛都红了。宋大娘问其原因，母亲只是拉着她的手不说话。第二天，宋大娘就由父亲带着到了邻村，给邻村一家人做了童养媳。懵懵懂懂的宋大娘并不知道什么叫做“童养媳”，但是当她听说自己要叫另外一个女人“妈妈”时，宋大娘哭了。新“妈妈”对她很好，吃饭的时候都将她抱在怀里，但是宋大妈依旧想念自己的母亲。

终于有一天，宋大娘再次见到了自己的母亲。那天，她独自一人在房前的空地上玩儿，远远看见一个女人躲在树后面鬼鬼祟祟的，宋大娘留了个心眼儿，故意背过身去，然后猛地一回头，那个女人躲闪不及，露了个正脸。

“我一看，是我妈。撒丫子就跑过去了，抱着她就哭起来了。我妈也想我，自从我离开，我妈说她就没有睡过一个安稳觉。所以才偷偷地来看看我，看我过得还好，她就放心了。说完，就要走，我拉着她的衣服，说什么也不肯撒手，哭着让她带我回家。我妈犹豫了半天，最后她点了点头。为了能带我回家，我妈跪下求了那家人半天，那家人才放我离开。回了家，我奶奶一看我妈又把我带回来了，气得把手里的茶杯一摔，指着我妈骂：'你又把这赔钱货带回来干吗？'我妈老实，任由我奶奶骂着，她该干什么干什么。"提到母亲过去那些艰难的岁月，宋大娘连连叹气，声音几次哽咽。

自从宋大娘回去之后，家里的生活就更艰难了，无夺之下，母亲又将宋大娘送到了外婆家，但那个年代谁家都不富裕，和外婆同住的舅妈自然也是不乐意。

"我妈也不舍得我，总赖在我姥姥家，只要我舅妈脸上有一丝不快，我姥姥就会立刻喊来我妈，对她说，三儿啊，赶紧回家去吧。我妈一听到这话，就知道自己不能再留下去了。记得那时候，我去送我妈，娘俩道别了多少回，也不舍得分开，到了村口，不能不分开了，两个人就一起哭。回到姥姥家里，我看见我妈前脚走，我姥姥后脚就躲进屋里哭。哪个当娘的能忍心赶自己的儿女走呢？"

在旧社会的封建大家庭里，嫁出去的女儿就已经是别人家的人了，回到娘家受到嫂嫂或是弟媳的排挤，是再正常不过的现象，那是当时谁也不能改变的现状。

“我妈回家没多久，我外公就会推着一车粮食，说是出去卖卖，换点钱用。其实，我外公是悄悄去了我家，给我妈送粮食吃去了。可是那一袋粮食，要养活一大家子人，哪里够呀？所以我妈大半辈子都在要饭中度过，长年累月地吃不饱，让她 40 多岁的时候就病倒了。好在那时候我已经 25 岁了，我二妹子也 24 岁了，我们都能照顾她了。那时我每天走 10 多里路去看我妈，我妈瘦成了一把骨头，如果隔半个小时不帮她翻身体，被压着的那块皮肤就会被硌破。我和我二妹两个人小心翼翼地伺候着我妈，生怕一个闪失，她就会撒手人寰。那年杏刚下来的时候，我妈说想吃杏，我觉得杏吃了对她身体不好，所以就不让她吃。但她总是说，我就给她吃了一个，可那杏刚放嘴里，我妈就走了，临死的时候，那杏还在嘴里，没咽下去呢！最后，还是没有吃上……”

在生与死的交界处，宋大娘的母亲曾牢牢抓住一线生机与死亡对抗着，但是却在最后的关头，败在了一颗杏上。说到这里，宋大娘已经泣不成声了，带着哭腔说着：“想到这事呀，我就后悔。活这么大岁数了，我什么事都看开了，唯独这件事，我怎么也放不下。后悔呀，我妈吃了一辈子的苦，临死前想吃个杏，我就没有满足她。想想我二妹，我妈想吃冰糕，我二妹子就买了个保温壶，专门给妈放冰棍，想吃的时候就立刻能吃到。我怎么就不能像我二妹一样呢？

“我 19 岁出嫁，25 岁那年，才生了第一个儿子。在此之前，我还以为自己不能生养呢！过继了两个同族的女孩儿。结果没想到我妈一死，我就怀上了，当时我就想，我妈是不是在我这里投胎了？结果生下来后，是个男孩儿，因为太瘦弱，一生下来就被医院放在保温箱里了。我这一着急，也没有了奶水，就一口米汤一口米汤地喂。长大点了，我就把粮食磨碎了喂他吃，我这儿子才算是活了下来。后来，我又生了一个儿子，一个闺女。说实话，我心里最疼的就是我大儿子，我总觉得他要么就是我妈投胎来的，要么就是我妈给我送来的。”

我想告诉宋大娘，人死后就化为一副白骨，不存在什么投胎转世了，但是话到了嘴边，我又咽回了肚子里。或许，老人心里比谁都明白，但是她更愿意这样想，因为只有这样想，才能让她的内心少一分愧疚，多一分安慰。

“有时候我也会抱怨生活中那些不如意的事情，但是想想我妈那一生，我就会感到知足了。和她相比，我年少时，没有受过多少苦难；嫁人后，丈夫又老实肯干，不说事事让着我，但是从未让我受过委屈；老了后，儿女们又都孝顺懂事，争着抢着让我跟他们住。我谁家也没去，替他们看大了孩子，我的职责就尽完了，再也帮不上儿女们什么了，不能再给他们添麻烦了。住在这挺好，他们想我了，就来看看我，忙的时候，也不用惦记我了。我连后事都跟他们交代好了，等我死了的时候，给我的手里放上一个杏，我希望到了底下，能见到我妈。”宋大娘眼睛望着远方，太阳已经逐渐偏西，留下一抹残阳，将天空烧得火红。那火红的光芒，在宋大娘的眼睛里凝聚成一个红点，里面蕴含了她的遗憾和愿想。

末了，宋大娘又像是自言自语般说道："明天又是一个艳阳天。"夕阳下，宋大娘佝偻着身子，拄着拐棍的身影，渐渐远离了我的视线。

一场错过的婚礼，两个人的遗憾

在天气好的时候，总有一个老人，坐在正对大门的地方。我见过很多次，觉得这位老人还挺有意思，晒太阳还挑“专席”，大家似乎也达成了共识，只要她过来，都会自觉地将正对大门的位置让出来给她坐。

有一次结束了工作，太阳都快下山了，老人还坐在那里，我问她：“您怎么每次都坐这儿呀？”

老人眼睛依旧望着大门处，头也不抬地回答：“这敞亮，看得远。”

“您这是想看啥呢？”我好奇地问。

但是老人却不再说话了，气氛立刻就陷入了尴尬。采访了那么多次，这还是第一次遇到这么不爱说话的老人。我只好讪讪地离开了，后来又有几次遇见，我都会热情地叫声“大娘”，可是老人总是冷不冷热不热地“哎”上一句，就不再有下文。

和老人关系破冰，是一次意外的“送快递”行为。那次我看见门口停着一辆快递车，因为养老院不允许外来车辆进入，所以快递小伙正准备将快递给门卫。反正我也要进去，所以我就揽下了这“送快递”的活。我按照快递上的名字——张玉兰，找到了老人的房间。

“谁是张玉兰？”我举着包裹问。

半晌没有人回答我，我只好去找床上的姓名栏，原来就是每次都不愿意跟我多说话的老人。“您叫张玉兰呀？咋喊您您不吱声呢？”我假装嗔怪道。

“嗨，被别人叫了一辈子李婶，乍有人叫我真名，我一时没反应过来。”老人回答说。

“李婶？”我诧异于两个姓氏之间的差别如此之大。

“我老头子姓李，嫁给他以后，我就是李张氏了。”老人解释道。可不是嘛，过去女子嫁人后，都会随夫姓，生在新时代的我，早已经忘了这些旧俗。于是，我也连忙改口叫道：“李婶，您的快递。”我将包裹递给了她。

李婶拿过包裹，看也不看地说：“肯定又是我那闺女寄来的。她成天给我乱买东西，我都说了，我什么也不缺，她就是不听，从来不听我的话。”老人一边抱怨着，一边找了一把小剪刀将包裹的袋子剪开，一条朱红色的羊毛围巾露了出来。

“呀，这围巾不错呀。这天马上就凉了，正好围上。快试试，您戴上肯定漂亮。”说着，我帮老人将围巾围在了脖子上，“看，是不是都年轻了？”我一手拿过窗台上的小镜子，帮她照着。

“满脸褶子了，还年轻？”李婶虽然嘴上不承认，但是表情却很诚实，看得出她很满意闺女送给她的这条围巾，不停地说：“围上是暖和，这一摸就是羊毛的，肯定又不便宜，这孩子，这孩子，净乱花钱。”只围了一会儿，李婶就将围巾摘了下来，然后按着原来的印子折好，小心翼翼地放进袋子里，最后放进自己的柜子中。

自此，李婶的话匣子才在我面前打开。

“我闺女离得远，总觉着不能在我身边尽孝，净给我买东西。尤其是进了养老院以后，三天两头地给我邮些东西，怕我吃不好，住不好。都这么大岁数了，还能吃啥用啥呀，养老院里什么都有，她担心多余了。有时候，我嫌放着碍事，就让我儿子拿走。”李婶一边说，一边将她闺女买的那些东西，拿出来给我看。

那些小面包小饼干什么的就不说了，就连老花镜，李婶的闺女都买了一个漂亮的盒子给老人，说是养老院里老人多，怕盒子没特点，回头老人再找不到眼镜。李婶被她闺女的这些理论弄得哭笑不得，但我却感受到了浓浓的思母之情。

“您看您这闺女，多孝顺呀？”我由衷地说。

“孝顺是孝顺，可一年见不了两三面，孝顺有什么用呢？”原本心情还不错的李婶，此时神色一下子暗淡了下来。

“闺女长大了得有自己的生活呀，如果可以，我想她也愿意陪在您身边。”我宽慰李婶。

“谁知道她现在会不会这样想，反正当初不这样想。当初给她介绍了那么多对象，家里当官的，家里有钱的，她都看不上。非得找个当兵的，老家离得八丈远。我怕将来男的复员，她也得跟着回老家，我和她爸就不同意，但是她背着我们偷偷见面，为此不跟我们老两口说话。还到处找说客，给他们俩说好话。后来闹得太僵了，我就说‘想嫁你就嫁，但我什么都不管，也别从我的门出去。’话说得有点狠，本是希望能吓唬住她，结果人家自己偷偷准备婚礼去了，从她大哥家出的嫁。你说说，你说说，我养她这么大呀，说跟人走就跟人走了。”提起往事，李婶对于女儿一意孤行的行为，依旧不能释怀。

“您就真的什么也没管？”我惊讶地问。

“没管。没给她买嫁妆，也没给她做被子，也没给她梳头，连她出嫁时候什么样都是后来看照片才知道的。三天回门的时候，她和女婿拎着大包小包地回来，我和她爸给扔出去了。然后回门席没办，这闺女就这么嫁出去了。”

“您就一点也不后悔？”

“不后悔。”李婶摇着头说，但是隔了好一会儿，像是自言自语地说：“后悔又有什么用呢？嫁都嫁了，再没有第二次了。从小到大，她两个哥哥挨了多少揍，但是我和她爸没舍得打她一下。他两个哥哥吃饭在小桌上吃，她爸爸专门给她做了个小椅子，让她跟着大人坐大桌上吃。她结婚以后有了孩子，我心疼她上班累，每天早晨五点，我就起来给她哄孩子，让她多睡一会儿。有时候她加班，我就白天晚上地给她看孩子。看她一个孩子，比我看她哥家两个孩子受的累都多。就是这么疼她，最后怎么样？女婿转业了，一下子转到了上海，她不也得跟着去吗？你说说，离家这么远，身边连个娘家人都没有，受了委屈谁给她撑腰？有点难事，谁帮她分担？”李婶说到这里停住了，眼睛望向窗外。与其说，李婶在怪罪女儿嫁得远，倒不如说，她是恨自己能力不足，害怕远嫁的女儿若真有困难，她只能爱莫能助。

“那您闺女现在过得好吗？”我问。

“要说过得好不好呀，过得算是好的吧，至少比她两个哥哥日子过得富裕。我女婿那个人，除了老家离得太远，还有点懒外，人是真没的说，从一个小排长，一步一步地提升为正团，算是有能耐的人。转业以后，又当了个小官，房子也买上了。我闺女跟他，没有为钱操心过，也没有受什么委屈。从这点来说，我也放心了。”

“那您还担心人家过得不好呢？您看看，人家自己选的，也没有选错不是？”我问，我并不期待能够得到李婶肯定的回复，因为这等于让老人承认自己曾经做错了。

“是没错，可是我现在想见她一面多难呀？她俩哥哥隔个一两天就来看看我，她呢？电话倒是不少，有时候一天一个，有时候一天两个。可是隔着长长的电话线，谁知道到底过得怎样呢？”

正说着，老人的目光忽然望向大门外，接着就对我说：“今天有娶媳妇的呢。我得出去看看。”说完，她急急忙忙地赶往大门处，双手抓住栅栏，小脚也踮了起来，头使劲儿地向外伸着。不一会儿，噼里啪啦的鞭炮声响了起来，“来了，来了。”她连忙招呼身边的老伙伴们，果然，一辆系着大红绸子的汽车在鞭炮声中缓缓开来，车窗开着，我们正好可以看见新娘子的脸。“这新娘子真俊呀！”她由衷地赞叹道。

婚车开过去好一截了，她还在那伸着头看，直到再也看不见，才恋恋不舍地转过身来。“您还挺爱凑热闹呀？”我笑着问。

“我不爱凑热闹。我就爱看结婚的，喜庆，热闹。”说完，老人走回了自己的房间。或许，在老人的心里，错过了送女儿出嫁的那一刻，成了她再也弥补不了的缺憾了吧。

后来，我见到了李婶的闺女琳，长得确实十分漂亮，属于那种走到大街上，会引起诸多回头率的人。得知我曾经采访过李婶，趁李婶不注意的时候，琳来到了我身边。我知道她想知道什么，一个常年不在母亲身边的女儿，最想知道的，无非就是母亲在生活中的点点滴滴，哪怕只是一些细碎的片段，都足以让她感到满足。

当我将李婶对我说的那些话告诉她后，她低下了头，我看不到她长发下的表情，过了一会儿，她抬起头，眼角有些微红，看着我不好意思地笑了一下，然后将卷曲的长发撩起到耳后，清了下嗓子说："我妈的遗憾，又何止不是我的遗憾呢？有哪个女儿，不希望在出嫁前，让母亲梳梳头，跟我母亲拥抱一下呢？当初敢跟父母那样作对，真的不是自己爱得有多深，只是一种倔强在作祟。现在想想，有点后悔，尤其是逢年过节回不了家，见不到父母的时候，就会特别后悔。我不后悔自己嫁的这个人，但是我后悔自己嫁得这么远。在外这么多年，我的心里并不好受。我错过了太多他们的喜怒哀乐，平时打电话都是报喜不报忧，可是生活中哪有那么多喜事可以说。那年我妈摔断了胳膊，我一点都不知道，一直都是我大嫂在身边伺候着。我爸第一次得病，我也不知道，等我知道的时候，我爸已经是第二次病情加重住院的时候了，然后我爸就瘫了，头脑也不清楚了。在床上一躺就是十五年，哥哥嫂嫂们又都有工作，要生活，只能我妈一个人伺候，我什么忙也帮不上。那时候我回家，我爸都不认识我了，看着他空洞的眼神，我就会想，他还在生我的气吗？他特别需要人照顾的时候，我不在身边，他会不会怪我年轻时的不懂事？”

琳忽然停下了，她抿着薄唇，过了一会儿，才又继续说：“我爸我已经不能再尽孝了。我现在最大的心愿，就是我妈能活到九十岁、一百岁，这样我就退休了，我就可以回到她身边，天天陪着她。或者，把她接到我身边，天天照顾她。这是我能想象到的最美好的未来了，为此，我时常对着家的方向祷告，希望我能梦想成真。”

“一定能的，老天会被你这份孝心感动的。”我说着言不由衷的话，但是这也是我能够想到的最好的回答了。

不远处又传来了鞭炮声，“又有结婚的了。”坐在我们身边的一个老人指着外面含糊地说。“是呀，最近结婚的人还挺多。”我回应她。

“走，看看去？”我邀请琳，她摆了摆手，说：“不去了。我回去看看我妈。”那天，老人也没有出来看热闹。其实，她哪里是喜欢看结婚，她是在思念自己的女儿。

念念不忘的，却不一定有回响

胡淑芬老人在养老院是一个十分活跃的人，这点从她的装扮上就可以看出，她额上的白发不羁地朝天耸立着，略方的脸上，满是皱纹，一笑，皱纹就挤到了一起，就像一棵快乐的老树。她很少在自己的屋子或是床上待着，几乎不管走到哪，不多一会儿，就能看到她的身影。

那天，阳光正好，院子里坐着很多老头老太太，她起初也在一边坐着，但是一转眼就不见了踪影。过了一会儿，她骑着一辆三轮车打老远的地方过来了。就在一群老人前面，转了一圈又一圈，像是在炫耀自己的车技一般。

“别骑了，咱俩聊会天儿呗。”我蹲在树下，抬着头，用手挡住头顶的阳光，对着坐在车上的她说。

“聊天？”她停下了动作，将车把一横，人和车一起挡在了我面前，正好挡住那刺眼的阳光，“今天轮到跟我聊天了？”

原来，老太太早就记住我了。“不是轮到您了，是我早就看上您了，怕您不愿意理我。”她一听我这话，立刻瞪大了眼睛，张着没有牙的嘴，做出了一个十分吃惊的表情，把我逗乐了，她也笑了。

老太太显然是经常留心我采访别人，所以几乎记住了我的套路，不等我开口，老人就自我介绍道：“我叫胡淑芬。今年 81 岁了。老伴前年去世的，家里有两个儿子，一个闺女，都上班呢，我一人在家他们不放心，我就住进这儿来了。”淑芬老人一口气说完，我反而愣在了一边，反而不知道自己该问点什么了。

看着我一脸的哭笑不得，淑芬老人好似故意逗我似的，说：“你还想问啥？问吧。”

“您都自己说了，我还问什么呀！”我假装嗔怪道。

淑芬老人又笑了起来，她边笑边说：“看你平时也挺能说的，咋碰着个能说的，就不会说了？”

“是呀，您把我的话都抢了，我可不就没得说了。要不您跟我说说，您咋每天那么高兴呢？好像没啥烦心事似的。”

“我就是没有什么烦心事呀！都到这个岁数了，可不是乐和一天是一天呗。”

我听了淑芬老人的回答，忍不住对她竖起了大拇指，并发自肺腑地说：“您心态真好，这样下去能长命百岁。”

听到我恭维她，淑芬老人又哈哈大笑了起来，“活那么大岁数干啥，招人烦。我倒想早点死，死了就能见到很多人了。”

老人笑着说，我听着却有点莫名的伤感，“您舍得您的儿女们呀？”对于老人而言，儿女恐怕是自己一生最大的牵绊了。

“儿女们都长大了，有了自己的生活，也不需要我了。但是在那边的人不一样，我那老头子，当了一辈子教书先生，除了教书，什么也不会，我担心他照顾不好自己。还有我那些老姐妹，对了，还有我舅舅。”

很多人会思念自己去世的爱人、父母，第一次听到有人说，会思念自己的舅舅。说到自己的舅舅，老人收起了之前笑呵呵的样子，淡淡的哀伤浮现在她的眼中。

“俺娘生了 5 个闺女，孩子多，家里吃不饱。俺娘就把已经懂事的我，寄养到了俺姥姥家。”说到往事，老人的乡音出来了，似乎只有这种既熟悉又陌生的声音，才能让老人彻底地回到那段时光中。

淑芬在姥姥家的日子，反而过得比在自己父母身边更好一些。除了疼爱她的姥姥姥爷外，还有一个大她 10 多岁的舅舅。当时还在学校念书的舅舅，回到家就变成了小老师，教淑芬念书学写字。所以淑芬没有上过学，可是却能识文断字。后来，战争爆发了，淑芬的舅舅也辍学了。有一次村里进了鬼子，淑芬的舅舅把她藏在了大水缸里，然后自己往外跑。鬼子看有人跑，就离开追了上去，然后一刀下去，老人舅舅的胳膊就被砍掉了。

“俺听见俺舅的叫声，赶紧露出头来看。就看见俺舅疼得脸都皱在一起了，整个人趴在地上，身子下面一大摊血，被砍掉的半条胳膊飞到了他身后的草堆里，俺当时就吓傻了，瞪着眼睛整个人都僵住了。俺舅一抬头，看见了我露出的半截脑袋，赶紧示意我蹲下，不要发出声音。那种紧急关头，俺舅还想着要保护俺。俺听着鬼子走远了，从缸里爬出来时，俺舅已经疼得晕过去了，整张脸惨白惨白的，上面溅着血滴，那样子别提有多吓人了。俺叫‘舅’他不应，俺就捡起俺舅的被砍掉的那半条胳膊，抱在怀里，边哭边去找我们村的郎中。但是郎中只给俺舅止了血，却没能把那半条胳膊给俺舅接上。”

后来的事情，淑芬有些记不清了。只记得从那以后舅舅就当了兵，离开了家乡。接着，淑芬也嫁人了。再后来战争停止了，淑芬的舅舅留在了山东，在山东成了家立了业。淑芬跟着丈夫从农村住到了镇上，大半辈子就在繁琐的家务和儿女的哭闹声中度过了。

在那个通信还不发达的年代，淑芬每年都会给远在山东的舅舅写几封信，彼此诉说最近的生活，并道一声安好。每年过年前，老人的舅舅还会在信里夹点钱，说那是给淑芬的压岁钱。钱不多，却让淑芬感觉心里暖暖的。

日子本来就这样波澜不惊地过着，孩子们也都长大了。淑芬以为自己享福的日子到了。结果老人的大儿子却突然下海做起了生意，起初也挣了点钱，但是后来被人骗了，一下子赔了一万多块钱。在那个当个“万元户”都能登报的年代，这一万块钱，对一个普通的家庭而言，简直就是天文数字。

债主追上门，抓走了淑芬的大儿子，等放回来的时候，已经被打得鼻青脸肿，如果钱再还不上，就等着断胳膊断腿。淑芬吓坏了，借遍了身边所有的能借的人，但是周围的人也无非是一些普通的家庭，凑来凑去，还差两千块钱。无奈之下，老人写了一封挂号信给远在山东的舅舅，信上说遇到了点难处，想要借点钱。

没过多久，淑芬就收到了舅舅的回信，舅舅在信里说：“人生在世，谁不会遇到点难事，咬咬牙就过去。不要着急上火，凡是钱能解决的事情，都不叫大事。”同时随信寄来的，还有一张一万块钱的汇款单。那一万块钱，说是顶现在的十万块也不为过。原本淑芬只想着借两千块钱，却不想借来了一万块。淑芬拿着这钱帮儿子还了欠款，然后又将剩下的钱给自己的舅舅寄了回去，其余的，老人想着以后攒够了再还。淑芬知道，她舅舅不是什么有钱人，这些钱都是从牙缝儿里省出来的。况且老人岁数大了，随时随地都有用钱的可能。

可是没过多久，淑芬又接到了舅舅的来信，信里满是对她的责备，然后还有一张八千块钱的汇款单。淑芬还回去的钱，舅舅又给她寄了回来，并一再强调，这钱不要她还了。

淑芬回忆说："我当时握着那封信，痛哭流涕。俺舅从小就疼我，我老了还疼我，可是俺呢，没帮着俺舅家提过一桶水，煮过一碗粥。"

淑芬想着等自己有时间去趟山东，亲自把这钱还给舅舅。可是这一等，就再也没有等到。先是儿女们先后生了孩子，她带完孙女带孙子，带完孙子又带外孙子，等小辈们都带大了，她终于有了时间，老伴却又病了。她在老伴床前一伺候就是 15 年，这 15 年不要说去山东，就是上街买个菜，老人的心都放不下。得知舅舅去世的那天，淑芬老人一个人坐家里哭了一大，她欠舅舅的钱永远还不上了。

后来老伴走了，淑芬也 80 多岁了。"俺还想着，到俺舅的坟头上炷香，磕个头。可现在走不动了。"说着，她挽起了裤管，露出了皮肉松弛的小腿。那腿上的血管清晰可见，密密麻麻的就像盘踞的老树根一般。这是动脉硬化，通常年轻时过度操劳的人，年老后都会患上这个毛病。"俺舅的这份情呀，这辈子也还不上了。"淑芬说到这，她薄薄的嘴唇微微地颤抖着，眼睛望向了另一边。

这份情，包含了太多太多，有不舍，有愧疚，有心酸，也有感激。许久，老人擦了擦眼睛，勉强对着我挤出了一个笑容，说："憋在心里的事，说出来就舒服多了。"

说完，老人又蹬上了她的三轮车，转圈去了。不一会儿，灿烂的笑容就再次出现在了老人的脸上，她就像一阵快乐的旋风，空气里都是她笑的味道。

看着快乐的老人，想着刚才落泪的老人，我想起了在王家卫的电影《一代宗师》中，梁朝伟饰演的叶先生对章子怡饰演的宫二说过这样一句话："念念不忘，必有回响。"可是这也仅存在于电影之中，世间太多事，那些让人念念不忘的，却不一定有回响。

有一种悲伤来自杳无音信

林梦兰今年 66 岁了，她年龄不大，身体健康，如果她不说，人们会误以为她才五十出头。她办理入院的那天，负责接待的小姑娘还以为她是为自己母亲办的，没想到却是为了她自己。林阿姨那天说的话，也十分有意思，“我看报纸上说，现在住养老院都得排队，所以我先来占个位，以免老得动不了了，没有我的地方了。”接待的小姑娘被林阿姨这个说法逗得哭笑不得，因此深深地记住了她。私底下，大家给林阿姨起了一个绰号——院花。

我采访林阿姨的那天，已经到了盛夏的尾巴，天气仍旧很热，她穿了一件小高领的唐装上衣，下面穿了一条黑色的，绣了大片大片花朵的裤子，装扮得很古典。坐在她对面后，我细细打量起来，发现林阿姨皮肤很白，鼻梁上架着一副金边眼镜，厚厚的眼镜片挡不住后面那双大而有神的丹凤眼，嘴唇薄而红润，发型有形而整洁，身材也没有发福，她坐下时，腰背挺直。我不禁暗暗赞叹，林阿姨简直将女人的美演绎到了极致，远看去就像是一幅优美的画像。看来，这“院花”的别称，不是空穴来风。

“您知道吗？大家都管您叫‘院花’。”我认为这是对一个女人最好的褒奖，所以一张口，就将这件事告诉了林阿姨。

她起初不太明白我的意思，当我解释说“院花就跟校花”是一个意思时，林阿姨立刻微笑着摆摆手说：“不敢当，不敢当，我都这个岁数了，就别说什么‘花’了，要真是‘花’，也是‘干花’了。”林阿姨的回答，让我觉得十分有趣。

聊起天后，我才发现，林阿姨拥有的不仅仅是姣好的容颜，她的谈吐也十分有修养。说话时，还带有略微的吴侬软语，不管什么问题，她都能带着自己的见解清晰准确地表达出来。我看着她，不禁想到，岁月对这个老人还真是仁慈，几乎没有在她脸上留下痕迹。想必她一定有着一个爱她如命的老公和一群孝顺的孩子吧。然而当我问到林阿姨的家庭情况时，答案却令我吃了一惊。

“您儿女呢？”

“我没有子女。”

“老伴呢？”

“也没有老伴。”

林阿姨淡定地回答了我的问题，她的答案在我的想象范围之外，所以我竟一时有些语塞了。根据我以往的经验，孩子、老伴是最容易让老人们打开话匣子的话题，可是坐在我面前这个优雅的老人，她既没有儿女也没有丈夫，我便不知道还有什么，能够让我们的谈话进行下去。

可能是看出了我的窘态，林阿姨继续说道："我这一辈子都是一个人过的，没有结婚，所以也没有子女。"

我在心里暗暗推算了一下林阿姨出生的那个年代，按道理讲在他们那个年代，是不流行"不婚主义"的，相反，如果哪个姑娘到了适婚年龄还没有对象，不但要面对邻里的流言蜚语，还要面对家人给予的压力。

我犹豫着问道："那……能跟我说说您一直单身的原因吗？"

"可以，但是得从我爸妈的婚姻说起。"林阿姨不紧不慢地回答我说。

"你可能也听出来了，我说话有一些上海口音，我是在上海出生的。我姥爷是一个很能干的人，他自己开着工厂，家里呢就我妈一个闺女，所以就想着招一个女婿。当时我父亲在我姥爷的工厂里做工，小伙子长得精神，人也能干，于是就成了我姥爷眼中的'最佳人选'。我姥爷跟我父亲说了自己的意思后，我父亲也同意了。于是我妈就嫁给了我爸。我爸来自偏远的农村，家里很穷，也没有上过学。但是我妈呢，出身富贵，家里专门请了教书先生教她文化知识。可想而知，他们两个人之间，存在着很大的差距。听我家亲戚说，我妈总是觉得我爸不思进取，又没有文化，没少挤对他。有时候当着一大家子的面，说翻脸就翻脸，一点情面也不留给我爸。我爸呢，碍于我姥爷的权威，又不敢反驳我妈。在我五岁那天，我爸突然失踪了。”

“失踪？”我有些疑惑，不太明白这个词，一个头脑清晰的成年人怎么能失踪呢？

“是的，失踪，没有留下只言片语，但是他的很多衣服不见了，家里的一个大皮箱也不见了。他走之前，没有任何征兆。就像往常一样，上班下班，但是那天早晨上班走后，晚上就没有回来，然后就再也没有回来。”

“不会出什么意外了吧？”我不甘心地问。

林阿姨苦笑了一下，说：“没有。隔了好多天，我妈才觉得不对劲儿，一个好好的人，怎么就突然不见了呢？于是就跑到工厂里，问跟我爸一起上班的工人。有人说，那天看见我爸下班后，换上了一件干净的衣服，然后拎着皮箱往火车站方向走了。我妈就猜测我爸应该是回老家了，怕她知道了不同意，所以悄悄地走了。于是就在家等，等了一个多月，我爸人没回来，也没有任何消息。我妈有些坐不住了，就给我爸的老家拍了封电报，可是电报回来说，我爸没有回过老家。这一下，我妈彻底懵了。在我记忆里，很多年，我妈都在找寻我爸失踪时的蛛丝马迹，她每天什么也不干，就坐在床上想，我爸为什么要不辞而别，他究竟去哪了？

有时候忽然回忆起我爸失踪的前一天，曾经收拾过衣柜；有时候又忽然回忆起，我爸曾经藏过私房钱，但是在我爸失踪后，那些私房钱就不在了……就这么过了几年吧，有一天我妈忽然坐在床上大哭，一边哭一边骂‘你个挨千刀的，你是死是活，你说一声呀，我哪点对不起你了，你要这么折磨我……然后，我妈就疯了。”

我不禁脱口而出：“疯了？”

林阿姨点点头，说：“对，疯了。她发起疯来的时候，很吓人，经常跑到大街上，抓住一个人就问‘你为什么不告而别？我哪点对不起你了？’有时候她也很清醒，清醒的时候就跟我说‘男人不可信’，要我以后结婚的时候擦亮了眼睛。直到死，我妈都没有从这种痛苦中解脱出来。没有经历过的人，恐怕无法体会那种感觉。那种感觉比亲人离世更加痛苦，因为你不知道他究竟是否真的离开了。我爸不告而别，留下我妈在失望和期待中不断角力，她几乎每天都处在不断的期待，然后又不断的失望当中，哀伤就在一次次失落当中，不断被重复、发酵、延续……有时候，我甚至宁可我爸死在我面前，我也不想他就这样不见了。”

每个人都需要一些仪式感，才能在心理上接受改变的现实。比如说：如果一个人在死前生了很重的病，那么他死的时候，家人也会悲伤，但是不至于不能接受，因为生病就像是一个“宣告仪式”告诉别人，他的生命走到了尽头，让身边的人做好准备。就像是我们离开时说的“再见”，睡觉前说的“晚安”，都是一种仪式感的存在。仪式的意义，就是解放人的感情，但如果没有这些仪式感的话，悲伤就会无处可去，堆积在心里，积郁成疾。林阿姨父亲突然离开这件事，伤害的不止是她的母亲，还有当时尚还年幼的林阿姨。

说起自己上学时的经历，林阿姨漂亮的柳叶眉皱在了一起。“尤其是上学的时候，别的孩子骂我是个没有爸爸的孩子，我反驳说‘我有’，可当他们问我‘在哪’时，我却不知道该怎么说了，说他死了？他怎么死的呢？说他还活着，可是他又在哪呢？”

我忽然想到曾经在《石头日记》中看到的一句话：“大多数人需要真实地看到已经死去亲人的尸体，因为这种经历使这种损失真实化。但大多数失踪人员的家庭从未找到死亡的证实。因此，空缺与存在感的转换给他们在心理上带来很大的挑战。”每个人的内心都是渴望得到确定的，哪怕是确知死亡，也要比无休止的疑惑更让人心里踏实。林阿姨父亲的一走了之，让人无法确定他到底是死了还是活着，这种模糊不清，使人感到绝望，又在绝望中忧虑着，消沉着，痛苦着。我想：这种痛苦的程度应该不亚于丢失了孩子的痛苦，至少孩子丢失，父母还能够知道孩子不是自愿离开。而林阿姨的父亲，就连离开的原因都让人无法确定。

“记得当时家里的亲戚时不时来我家串门，每次都会问我妈一个问题‘你家男人还没回来？’我妈只能机械式地摇摇头，亲戚便会说，是我妈待我爸不好，他才不愿意回来。所以我也会在心里怪我妈可怜我爸，都是她太强势，我爸爸才不敢回来。后来我长大以后，我才渐渐感觉到，比起我爸，我妈更可怜。就算我妈对他不好，我爸这样做也太自私了，他只想着自己解脱，却没有考虑过他这样做会给别人带来怎样的伤害，因为没有离婚，我妈无法再嫁。不过，她也不想再嫁了。”

“所以……您一直没有结婚，是因为您的父亲？”我问。

林阿姨低下头，回答：“应该算是吧，我不能准确地说，就是因为他。但是我承认，每当我想到他处心积虑地抛弃这个家，抛弃我和我妈，还有他离开后我妈每天的生活状态，我就对婚姻充满了恐惧。”

我问林阿姨道：“那您会感到孤单吗？”

林阿姨想了想，回答道：“年轻的时候不觉得。别的女孩儿谈恋爱的时候，我就把自己关在家里看书，我姥爷整整一面墙的书柜，里面的书都被我看完了。后来别的女孩儿忙着结婚生子，我就忙着外出旅行。从毕业后，我就没有再参加过同学聚会，我害怕面对同学们看我像看怪物一样的眼神，也不想听他们装着一副苦口婆心的样子劝我结婚生子时的虚情假意。我宁可这样孤单着，也不想去承受我妈经历的那些痛苦。所以当有个机会让我调离上海时，我毫不犹豫地选择了远离家乡。到了新的环境，一切都忙碌了起来，那些往事就慢慢消失了，只要我不刻意去想，那些似乎就跟不曾发生过一样。但是只要一想起，就如鲠在喉。我用了整整 20 年的时间说服自己，忘了那个出走的父亲，忘了癫狂的母亲，让自己开始新的生活。可当我真的看开这一切时，却发现自己已经习惯了这种状态了。有时候，我会觉得，可能此生我就是注定要孤独终老的。”

其实许阿姨失去的只是婚姻和家庭，但是她也多了许多别人来不及拥有的东西，只是许阿姨看不到，在她的心里，也一直将婚姻和家庭作为自己的人生目标，只是她长期独居惯了，已经让她没有勇气去接纳生命中出现新的角色了。我安慰她说：“您虽然独身一人，但是您也活出了您的精彩不是？那些结婚生子的，有几个能维持在您这样年轻的状态呢？”

许阿姨听了我的话，无奈地摇了摇头，苦笑着说：“我看似外表光鲜，但只有我自己知道，我这里……”许阿姨指着自己胸口的位置，继续说，“早已经一片荒凉，寸草不生了。”

“那……您想过寻找自己的父亲吗？”我犹豫地问。

“想过，但是从来没有找过。我不知道找他干吗？找到他无非就是问问他，当年为什么不告而别？但是我妈已经死了，这个答案也不重要了……”

那天，离开林阿姨后，我的头脑中就一直在回放她的故事，她母亲的悲伤延续到了她的身上，成了她一生的心结。她害怕孤独终老，但是却又无法不孤独终老。她的内心有一座城，城门长年累月地紧锁着，那里装着她年幼时期仅有的一些快乐时光，她不敢将这些释放出来，因为她怕短暂的快乐，会带来更大的痛苦。

◎ 原谅了他，可他听不见

王春芳老人今年 77 岁了，她神态举止以及穿着打扮很有一些老教师风范。几乎每次见到她，她都是穿着一件半新不旧的蓝衣服，袖子也总爱往上挽一截，长方脸上，戴着一副黑色的宽边眼镜，一双漆黑的眼睛在镜片后面闪着亮光。若是带着个垫子出门，她总是习惯夹在胳肢窝下。走起路来，如脚下生风一般，说话办事都是一副雷厉风行的做派。那天，看见王大妈独自一人坐在大树下乘凉，我便走过去问道：“您年轻的时候是人民教师？”

“是，教了一辈子小学。咦？你怎么知道？我好像没告诉过你，你听别人说的？”

王大妈被我问得一脸疑惑，努力思索着自己什么时候对我讲过自己的职业。我心里免不了有些得意，故意摆出一副算命先生的架势来，说：“按照您这个岁数，应该戴老花镜，但是呢，您却戴着一副近视镜，这就说明，在年轻的时候你应该过度用眼来着，而且照明设备也不好。当然了，这也不排除遗传的可能性。接着就是您这身衣服，那个年代的老师们，几乎都爱穿这个颜色和这个款式的衣服，既不新潮也不落伍，而且您这衣服虽然很旧了，但是却洗得很干净，这说明您很注意仪表，通常为人师表，都会比较注重自己学生眼中的形象。还有就是您挽起的袖管，这应该是工作时留下的习惯，怕在黑板上写字时，弄脏了衣袖，所以总是习惯将袖管挽起。别人出门带垫子时，要不就拿在手中，要不就抱在怀里，也有夹着的，但通常都是夹在腰间。但是您总是夹在胳肢窝下，应该是以前夹书夹习惯了。最最最关键的是，您的眼睛，看人时的眼神，就跟我上学时候老师看我的眼神一样，让人不寒而栗。”

说完了，我就歪着头，等着王大妈回应。只见王大妈眼睛瞪得大大的，嘴巴都快合不拢了，半天才竖起一根大拇指说：“哎哟，看人的眼光挺毒呀！”

我笑而不语，其实说了那么多，完全是建立在护理师已经告诉我王大妈曾经是老师的基础上，本来只是想逗老人开心一下，却没有想到，王大妈一下子来了聊天的兴致，对我讲起了自己年幼时求学的时光。

“我生的那个年代不好，我父亲说‘女子无才便是德’，天天让我跟着我妈学绣花，学习缝缝补补。所以我也没正经地上过学，看着我们同村的男孩子们去学堂，心里那个羡慕呀。后来光靠种地，生活有些困难，我父亲就在家里办起了学堂，他曾经是陪读的书童，人家学他也跟着学，反倒比人家学得还好，在我们村子里也是远近闻名的文化人。所以他一办学堂，还来了不少孩子。我也想跟着在学堂念书，可是我爸每次都把我撵出来。我就悄悄躲在窗户底下听，我记性好，我爸讲的内容我能一字不落地记下来。他教学生们认字，我就在心里默默记下，等他们放学了，我再返回去，对着黑板上的字，一个一个地认，渐渐地我能看懂书了。有一次，我当着我爸的面，给他读完了一本《三字经》，我爸惊讶得差点咬了舌头，这才让我进了学堂，跟男孩子们坐在一起上课。原本我只是不想做个文盲，我爸看我是块读书的料，就鼓励我考镇上的初中，说只要我考上了，他砸锅卖铁也供我上。结果我真的考上了，当时全校也没有几个女生，你能想象那种自豪感吗？”王大妈眼睛里闪着光，问我。

我点点头，但随即想到，自己没有身处在那个年代，又怎么能体会到老人的自豪感呢？随即又摇摇头。

“你们肯定体会不到，在当时那种重男轻女的社会中，我父亲让我读书，让我弟弟妹妹们在家种地，就是一千家里面也挑不出一家来，那种优越感，让我觉得自己不是出生在农民家庭，好像是出生在大户人家一样。所以说呀，我这一辈子还算挺顺利的，几乎没遇到过什么风浪。”

“那多好呀，多少人心心念念期盼的，不就是您这样的人生嘛，一帆风顺，心想事就成的。”

这话在王大妈听来很受用，可她听我说完最后一句时，却否认了我的说法。“我也不是心想什么，就能成什么。有件事呀，就不如我的意，所以我到现在都还记着呢。”

王大妈说着，用手拨拉开头顶的头发，让我看：“你看，我头顶上有道疤，这道疤已经跟了我快 50 年了。一到阴天下雨的天气，我这头就疼。也不敢读书看报，一看也疼。”

我顺着王大妈手指的地方看去，一条长长的伤疤赫然入目，就像是一条丑陋的蜈蚣，盘踞在她花白的头发中。吓得我倒吸了一口冷气，问道：“这是摔的？当时一定很疼吧？”

王大妈摇摇头，说：“不是我自个儿摔的，是被人给打的，但是打我那人，他也不是故意的。当时疼得我呀，整个人都晕倒了。等醒来的时候，人就在医院里躺着了。我家大闺女哭得一把鼻涕一把泪的，说以为我死了。我当时还笑她大惊小怪，后来才知道我在医院被抢救了 30 多个小时，又昏迷了 5 天才醒的。人虽是活过来了，但是落下病根了。”

王大妈在醒来后，才知晓事情发生的来龙去脉。当时跟王大妈一起工作的人里面，有一个地主成分的女老师，那个女老师的父亲在世时，欺压了不少百姓。巧的是，那个女老师的发型、身材以及穿着打扮都与王大妈有点像。

那天放学后，王大妈照旧下班离开，心里正寻思着回家做什么饭好时，忽然感觉前方有一个人向她跑来，然后一个巨大的黑影就向她的头部飞来，她还没来得及躲闪，就听见“咣”的一声，王大妈感觉头部一阵剧痛，然后就有温热猩红的液体从头顶滑下，模糊了她的双眼，接着她就什么也不知道了。

王大妈倒地的瞬间，施暴者才发现自己打错了人，吓得扔掉了手中的铁茶壶，慌忙地抱起王大妈送往了医院。王大妈在医院抢救期间，施暴者一直在门口守着，等医生宣布王大妈脱离危险的时候，那人忽然不见了。

没多一会儿，医院的天井就传来撕心裂肺的喊叫声：“有人投井了！”王大妈的家人跑过去一看，就是那个施暴者，因为受不了良心的谴责，投井自杀了。

从医院回家后，王大妈断断续续地听说了不少关于那个人的事情。那个人的祖父曾经被地主打断过一条腿，所以从小他的心中，就种下了仇恨地主的种子。“文化大革命”开始后，他参加了红卫兵，发誓要打倒一切地主阶级，决不让他们有翻身的机会。在他打听到学校里有个老师是地主的后代时，就从家里拿上烧水的铁茶壶，很沉很大的那种，到学校门口等着了。结果万万没想到，自己竟一时粗心，认错了人，打了一个贫农成分的女老师。据说王大妈在医院抢救的时候，不管王大妈的家人怎么打骂他，他都不愿意离开，30多个小时，就那样不吃不喝地守在手术室门外。

其实，王大妈在知道了自己是被误伤后，就原谅了那个人，可是令她没有想到的是，那个人竟然想不开自杀了。

“他这一死不要紧，可我对谁说一句‘没关系’呀，我不怪他，谁还没有个犯错的时候呀，他怎么就这么想不开呢？就不想想他上有老下有小？听说他是家里的独子，15岁丧父，他母亲独自一人养他长大，吃了不少苦，给他安排了工作，娶了媳妇，孩子才7个月，他就死了。媳妇年纪还轻，不愿意守寡，第二年就改嫁了，把孩子留给了他老母亲。他母亲没有工作，也没有收入来源，带着个还喝奶的娃娃，这日子可怎么过呀。这不是让我成千古罪人吗？我儿子说，我这叫‘伯什么仁，为我而死来着？”王大妈仰着头，努力思索着。

我忍不住提醒道：“是不是‘我不杀伯仁，伯仁却因我而死’？”

“对！对！就是这句话，就是这个意思。”王大妈边说，边用手拍着桌子，拍得桌子“咣咣”响，“人这一上了岁数，记性就一天不如一天了，想当年，我一个人教四五个班，上百号的学生，我一个人名都记不错。现在可好，到嘴边的话都说不上来。”王大妈自嘲地笑了笑，随后又变得一脸的认真，对我说：“我呀，这辈子唯一的心结，就是想跟那人说一声‘没关系’，我想让他知道，我原谅他了。可惜呀，他永远也不会知道了，我呢，也没机会说‘没关系’了。想到他走后，他那老母亲过的日子，我就会觉得很自责，总觉得事情发展到这个地步，我也有责任。”

“您这是命大，只是落下了头痛的毛病，命保住了。万一当时没抢救过来，他可是背上了一条人命呀。这样看来，您也是受害者，只是您福大命大。他的死，其实跟您没多大关系，是他驱除不了心里的魔。”

“是呀，他驱除不了的魔，现在跑我心里来了。你说这人吧，也是挺奇怪的。昨天的事，我今天就忘了，可是那以前的事，却怎么也忘不了。”王大妈最后总结道，“算了，不说他了。”

一阵微风吹来，凉爽了很多，看看天空那么蓝，阳光那么暖，我对王大妈说：“我推您走走吧。”

“好。”王大妈欣然应允，接着又说：“不过，不用你推，我这轮椅是电动的，你看，一按这个按钮，‘嗖’地就走了。”

王大妈的话音刚落，人就已经窜出一大截了。我连忙小跑了两步跟上，与她一起走在阳光下，享受着难得的美好时光。

人非圣贤，有时候心中会因某些事情衍生出憎恨，衍生出怨念，若不是有强大的意念去阻止憎恨和怨念，谁又能保证不会犯错呢？善良的人也会一时迷失，错手伤人。这个道理王大妈也懂，所以，王大妈善意地原谅了别人，只是这份善意始终穿不过阴阳相隔的界限，告诉那位因心魔迷失的可怜人了。

最疼爱我的男人，我欠他最多

朱静贤老人已经在养老院住两年了，她的腿有严重的风湿病，在住进养老院之前，她的三个儿子轮流照顾她，去年她的大儿子患上了帕金森综合征，就剩下二儿子和小儿子轮流照顾她了。看着两个儿子每天不但要上班，要操持自己家中的大小事宜，还要照顾卧床的她，朱大妈心疼起了儿子，在跟儿子经过多次协商之后，朱大妈住进了养老院。

那天，我在朱大妈的房间坐了整整一下午，整个下午阳光透过窗子照在朱大妈的床上，温暖极了。朱大妈就坐在阳光中，向我讲了她的一生。她的故事，就像小说里的情节一样，充满了温情，也充满了艰难。

“我妈生下来我，就死了。我爸为了让我有口奶喝，天天走到哪都抱着我，看见哪个女人奶孩子了，我爸就求人家喂喂我。后来，我爸养了一只羊，就不用天天抱着我出去找奶喝了，因为有羊奶了。听邻居说，抱着孩子上班的女人多得是，但左手牵着一只羊，右手抱着一个孩子上班的男人，天底下恐怕就我爸一个人了。他觉得我命苦，一生下来就没妈，所以生怕我受委屈。

“我 6 岁那年，别人给我爸介绍了一个对象。她不介意我爸还带着两个孩子，可是我那时候不懂事，看见我爸对她好，给她夹菜，送她出门，我心里就生气难过，觉得我爸以后就不疼我了。后来人家再登门的时候，我就给人家脸色看。本来人家不嫌弃我就已经不错了，我还嫌弃人家，结果婚事就被我给搅黄了。我爸为此沉闷了好一阵子，从那以后，他就再也没有找过了。他就一个人带着我和我哥生活，供我们念书，给我们缝补做饭，真的是又当爹又当娘。

“我毕业的时候，我爸为了让我接班，办理了内退，这意味着今后他的退休工资要比别人少得多。并且那个时候我哥也没工作，到处打零工。按理说，老子的班应该让儿子接。可我爸疼我是个女孩儿，怕我没有个养活自己的工作，将来会受制于人。于是就跟我哥商量，让我接了班。”这段岁月，是朱大妈记忆中，最美好的几年，她身边的两个男人，一个宠着她，一个让着她，让她在没有母亲的岁月里，依旧享受着无尽的关爱。

接班之后的朱大妈，被重新分配到了外地，父亲和哥哥就留在了老家。有工作有模样的朱大妈，很快和单位里的一个男青年喜结了连理。结婚当天，因为嫂嫂生孩子，父亲错过了她的婚礼，但是却通过邮局，给她汇了一笔钱，还有她母亲生前留下的一个玉镯。

结了婚以后的朱大妈，才猛然感觉到，父亲为了他们兄妹二人，牺牲了自己大半辈子的幸福，现在哥哥结婚了，自己也结婚了，家里就剩父亲一个人了，那日子过得该有多孤单。朱大妈开始自责，自责自己年幼时的自私和不懂事。于是她开始张罗着给父亲介绍老伴，可每次父亲都拒绝了，他说自己已经习惯了一个人的生活。后来朱大妈才听说，他父亲不是习惯了一个人，而是人越老，越想多留下一些财产给自己的儿女，父亲觉得自己没能力再挣钱了，只能尽全力将已有的守住。当然了，当时毫不知情的朱大妈，并不知道父亲内心的真实想法，还因为此事跟父亲大吵过一架，倔强的她好长一段时间没有与父亲联系，最后还是父亲主动打破了僵局。

“我生我们老大的时候，我爸从老家来看我，他说我没妈，怕我在月子里受委屈，所以来伺候我月子了，那年他都有70多岁了，我爱人白天上班不在家，他就在家洗衣做饭洗尿布，等我出了月子，他一天也不肯多住，非要离开，我知道他是怕住久了让姑爷嫌弃。送我爸走那天，我给父亲买了一张硬座票，火车开动后，我站在月台上和父亲告别，忽然发现在硬座车厢的后面，还有软席。我心里一下子就后悔了，我怎么没有想到给我父亲买一张软席呢？他那么大岁数了，坐 10 多个小时的硬座回去，该多累呀。直到现在，我一想起这事，我这心里就不好受，从那以后，我父亲就再没来过，因为他患了中风，不能再出远门了。”

这段往事，让朱大妈一直耿耿于怀，她反复地责怪自己，为什么没有早一点想到给父亲买软席。

“这件事一直是我的伤。后来，在我生完小儿子之后，我老公和另外一个女人胡搞到了一起，被我抓了个正着，为了减轻自己的‘罪名’，他还反咬一口，说我跟别的男人眉来眼去。还好苍天有眼，我行得端坐得正，他说的话没人相信，反倒是他自己的脏事传得满城风雨，单位觉得影响不好，就把他给开除了。他还厚着脸皮跟我争孩子的抚养权，我肯定不会答应，让我的孩子跟他这个作风败坏的人长大。他就知道我断不会把孩子给他，就趁机提出，不要孩子也行，但是也不会给我一分抚养费。其实他哪里是想要孩子，只不过就是以此为借口不想掏抚养费罢了。我为了孩子，答应了他。

“我虽然生下来就没妈，但是我没吃过一点苦，我是我爸和我哥捧在手心里养大的。所有的苦和委屈，都让我在那一年受够了，大儿子正在上学，小儿子还不到一岁，我白天上班，晚上回家照顾孩子，更要命的是，只要看到别人窃窃私语，我就觉得他们是在笑话我。再加上，寡妇门前是非多，总有那些不怀好意的男人，大半夜敲我家门，吓得我一个门上安了三把锁。这些，我都不敢跟家里说，我怕我爸和我哥为我担心，所以只能自己咬着牙过，现在想想，真不知道自己那段日子是怎么过来的。”

朱大妈独自一人带着三个儿子生活，生活的拮据可想而知。这时，她的哥哥发来电报说，父亲病危了。朱大妈立刻就跑到了火车站，可是当她的手摸向口袋时，她怔住了，那里装的是他们一个月的生活费，如果买了车票，那这一个月，孩子们就只能喝西北风了。于是伸向口袋的手，又收了回来。她偷偷地踱到站台上，装作送亲友的样子，趁着列车员不注意的时候，悄悄地上了列车。

一路上 10 多个小时，朱大妈一刻也没敢松懈，只要远远看见列车员走过来，她就连忙躲进厕所里，也不敢插门，怕被人怀疑。就这样，她胆战心惊地熬了一路。没想到，却在出站时，被逮了个正着。她被关进了车站的补票处，因为不舍得将口袋里的钱掏出来，她被关了三个多小时，最后借着上厕所的名义，逃了出来。

“那可能是我这辈子干过最丢人的事情了。我在前面跑，后面有人追，嘴里还喊着‘逃票的，站住！’我不敢回头，就一鼓作气地往外跑，跑到我父亲家时，我整个人都累虚脱了。结果，看到的却是我爸躺在棺材里的样子。我没见上我爸最后一面，就在火车站被关着的时候，我爸咽气了。我气我自己呀，当着我爸的面，扇自己的脸。他活着的时候，我没给他买张软席坐坐，他死的时候，我还因为不舍得买火车票，没见到他最后一面。”

朱大妈的父亲直到死，也不知道他最疼爱的女儿，经历了婚变后，正过着人生最艰难的时刻。若是知道了，恐怕九泉之下也无法安息了。办完了父亲的丧事，朱大妈把一切告诉了哥哥，哥哥当下气得拿着菜刀要找那个负心汉拼命，最后在她和嫂嫂的拼命阻拦下，哥哥才放下了菜刀。她离开时，哥哥给了她一个包裹，说是父亲留下的，让她上了火车再打开。等她上了火车后，才发现哥哥将父亲攒了一辈子的家当全给了她，此时火车已经启动了，泪眼模糊中，她看到哥哥站在月台上，对她说“照顾好自己”。

朱大妈在火车上哭了一路，前夫背叛她的时候，她没有哭；别人指指点点的时候，她没有哭；一个女人带着孩子艰难生活的时候，她也没有哭。但是在挚爱亲情的面前，她又成了那个脆弱的小女孩儿。一路上，朱大妈的脑海中，就像放电影一样，往事的种种全都涌上心头，越想心里就越难过，一双眼睛哭得像个桃核一样。

等她回了家，眼前一切又差点把她的肺气炸。几个儿子把家里烧得一片漆黑，她不分青红皂白，拿起没有烧坏的擀面杖，就冲几个孩子打去，一根长长的擀面杖，被她打成了三截。儿子哭喊的声音，一浪盖过一浪。大儿子为了保护两个弟弟，死命地把两个弟弟护在身下，整个后背被打得血肉模糊。不知道过了多久，朱大妈打累了，她开始坐在地上哭，为她死去的父亲，为她不懂事的儿子，也为命运如此多舛的自己。

哭着哭着，她睡着了。等朱大妈醒来的时候，看见三个儿子正在刷墙，最小的儿子才一岁多，也站在板凳上刷着，孩子身上还有被打红的印子，脸上还有泪痕。她的心再次剧烈地疼痛起来，孩子们见她醒了，纷纷停下了手中的活，低着头，靠着墙根站成了一排。过了许久，兴许是感到妈妈的气消了，大儿子才鼓起勇气告诉她，她走以后，小弟尿了裤子，他就把小弟的裤子放在炉边烤，然后就去睡觉了，半夜里被呛醒后，发现炉子周围已经烧成一片火红了，他连忙叫起了二弟，两个人大冬天就穿着秋衣秋裤，一桶一桶地浇水，还好炉子在屋子的一角，只是将墙壁烧黑了，若是靠近那些木质的家具，那后果真是不堪设想。等两个孩子把火浇熄了以后，已经是后半夜了，他们又不会生火，也不敢再生火了，饥寒交迫地在家待了整整三天。

听完大儿子的话，朱大妈悔得肠子都青了，她原本以为是三个儿子淘气，在家里玩火造成了火灾，却没有想到在自己离开的这几天里，她差一点失去了他们。

“我这辈子，就后悔这两件事。一件事，就是没有给我爸买一张软席票，让他那么大岁数了，坐 10 多个小时的硬座回家，这个世界上最疼爱我的男人，也是我这辈子最对不起的人；第二件事，就是没有问原因，就打孩子们。其实仔细想想，自己那个时候哪里是气他们，明明就是气自己没用，却把气都撒在了孩子身上。后来我问我那大儿子，为什么一开始不告诉我原因，我大儿子说，知道姥爷去世了，我心里不好受，可能打他们一顿，心里能好受点。孩子还小，做错的事情，我还有机会弥补，但是我爸，已经去世了，我再怎么耿耿于怀，也弥补不了了……”说到这，朱大妈仰起头，她怕自己的眼泪留下来，伪装了一辈子的坚强，在触碰到自己内心最柔软的地方时，她仍旧忍不住悲伤。

每个人的生命中，都有最艰难的一年，走过去了，人生就会因此变得美好而辽阔。朱大妈度过了她人生中最艰难的那一年后，她的情感迎来了第二春。第二任丈夫其貌不扬，但是老实憨厚，不管是对朱大妈还是朱大妈的三个儿子，都是发自内心的疼爱。

“我很感激他。当时大家都骂他傻，给别人养儿子，他听了也不急，嘿嘿一笑，从来不往心里去。家里买了点什么好吃的，他都先紧着我们娘几个吃，最后剩下了他才吃。那段日子过得就是一片晦暗，他的出现，才给我带来点光明。我那几个儿子也喜欢他，这点我的儿子做得比我好。但是好人不长命呀，他刚 60 岁，就突发脑梗死了。死之前，他还惦记着小儿子没买婚房，没娶媳妇呢。”

也许是上帝垂怜苦命的朱大妈，所以派了个天使陪她度过了最艰难的岁月。对此，朱大妈一直感恩在心，她说，等自己死了以后，要把骨灰和她逝去的老伴放在一起，然后撒向大海，如果活着不能白头到老，那么死了也要相依为命。

从朱大妈的房间出来后，天都已经黑了，月亮圆圆地挂在天上，星星眨着眼睛，我忽然想到苏轼的一句诗，“但愿人长久，千里共婵娟。”如果生活中真的能够如此，那该有多好。

社区居家服务中心的工作人员贴身抱起行动不便的老人。

三河文化馆的高阿姨和王阿姨为五福托老院的老人带来慰问关怀，老人非常开心。

社区居家服务中心的工作人员及家属陪老人一起过生日。

社区居家服务中心的工作人员陪老人一起过重阳节，正在包饺子。

社区居家服务中心迎来了老人的家属送来的锦旗，家属非常感谢这里的每位员工。

第4章
所谓真的放下大概就是生死笑忘

我们之间的大部分会因为对死亡过程中的痛苦和死后未知的世界感到惊恐万分，单就有那么一群人能把生死看透，越是到了生命的最后，越是可以笑着度过。他们把心中所承载的一切化为能量，把世俗的东西安放在某个位置，等待着下一场轮回，轻松上路，正如同来时一样。

一身正气算不上，问心无愧却是我

张大爷在托管院算是一个比较特殊的人物，他的特殊来自于他之前的职业——警察。所以在一众老人中，他那挺直的脊背和似乎一眼就能看穿人心思的眼神，让人不得不注意到他。之前，护士跟我说，张大爷的门牙已经腐蚀了，最好拔掉，但是老人却始终不同意，他说，那颗门牙就像他一样，倔强着呢，轻易拔不下来，所以他不想受这份罪。

这话让我想起了我第一次跟他见面时的情景。当时，我打算去看望另一个老人，却在走廊里看见护理师正扶着张大爷往屋里走，但张大爷却似乎不怎么愿意，嘴里嚷嚷着："我不去！我不去！"手臂还挥舞着，那架势，好像要打人一般。

我连忙走上前去，关切地问："这是怎么了？"

护理师抬头看是我，无奈地说："该吃药了，就是不肯进来吃药。天天这样，跟个孩子似的，吃个药哄半天。"

我听了，忍不住笑起来。人们都说"老小孩儿，老小孩儿"，还真是如此，有时候人老了，反而更像个孩子。"张大爷，您得吃药呀，要不这毛病什么时候能好？"我也加入了劝说的队伍中。

"我这毛病吃药也好不了了，多少年积下的。"话说得有点急，张大爷又有点咳嗽起来。

"得了吧！您这咳嗽是受风寒了，不是以前抽烟抽的。别为不想吃药开脱。"护士显然已经被这个借口敷衍了很多次了，随后小护士眼珠子一转，嘴角微微扬起，又说道："张大爷，我们这还指望着您罩着呢，您不吃药哪成？"

"我都这岁数了，还指望我？别忽悠我了。"张大爷虽是一脸的不相信，但是听到这话，倒是乖乖地回到自个儿屋，端起了桌子上的中药碗，咕咚咕咚地喝了个干净。

放下碗，见我也跟了进来，指了指床边的椅子，让我坐下。

"你是新来的？"问话的时候，张大爷的眼睛直直地盯着我，仿佛要把我整个人看穿似的。

"我不是新来的，常来。您才是新来的吧？"说完，我也盯着他看。

"你可说对了，我刚来不到两月。"他说着，竖起两根手指头，我注意到他的手指头上长了厚厚的老茧，但是这老茧又不像是普通干体力活的人。

我眼中的疑惑，没有逃过张大爷的眼睛。他伸开手掌，放到自己的眼前，端详了一会儿，说道："拿了一辈子枪，手都磨出茧子来了。"

我一听这，立刻明白了过来，为什么刚才护士会说指望他罩着了，果然是有"来头"。"您年轻时候是当兵的？"我问。

"服过五年兵役，退役后分到了公安局，然后就当了一辈子的刑警。"张大爷说到这，我脑海中立刻浮现出电影中的画面，那些拿着枪的刑警们，在枪林弹雨中，与敌人搏斗着……

"那您年轻时候的经历，一定很精彩了。"

"精彩什么呀！"老人对我的话嗤之以鼻，"都是用命搏来的。跟我一起进警队的总共八个人，现在只剩下四个了。我们是反黑的，那伙地痞流氓下手黑，我们不到万不得已的情况又不能开枪。

"有一年冬天，我跟一个同事到山里的一个村子里抓人。村民一听我们是来抓人的，就说人在庙里躲着呢，我们信以为真就跟着过去了。一进庙里，哗啦啦地围上来一群人，每个人手里都拿着镰刀呀、斧头呀之类，为首的那个把手里的麻绳往我们身上一扔，说我们两条路选，要么乖乖自己下山，他们不为难我们；要不就把我们捆起来，扔到山下去，不等我们被发现，就被山里的豺狼虎豹吃了。”

“啊！这么猖狂！”没等张大爷说完，我忍不住义愤填膺起来，“那你们怎么办的？”

“还能怎么办？肯定不能让自个儿喂豺狼虎豹呀。”张大爷眼睛一瞪，仿佛我问出的是废话一样，“你呀，年轻，见过的人，经历的事少，那些个村民别看平时都是很朴实，可是有人危害到他们的利益时，可就不管那么多了，而且整个村子的人都非常团结，来硬的，我们打不过，只能服软呗。”

“那就这么把坏人给放走了？”我根据以往看电视剧的情节，怎么也不相信警察会让坏人逍遥法外，一定有下文。

“那肯定不能。”张大爷又瞪大了眼睛，对我质疑他的职业道德十分不满。“我们是当着他们的面下了山，到了山下以后，我们悄悄地换了身衣服，然后等天黑以后，又神不知鬼不觉地上了山，摸着黑就把人给捉了。一刻也不敢耽误呀，连夜回的警局。别看就抓的是一个小小的诈骗犯，不但得斗勇，还得斗智。”张大爷指了指自己的脑袋，我顺着他手指的方向，赫然发现在他的额头处有一道很长的伤疤。

“头上的伤疤，是您执行任务时候受伤的？”我问。

听到这个问题，张大爷不好意思地笑了笑，说：“算是吧。有一年抓抢匪，跑太快了，前面有个玻璃门，我没看见，一头撞了上去，门撞碎了，我头也撞破了。把那贼吓一跳，他一听那么大动静，还以为我开枪了呢，吓得一屁股坐地上了，我上前就把他给逮住了。”说完，张大爷摩挲着额头上的伤疤，又笑了。

原来生活中真的没有那么多的惊心动魄，相比较之下，我眼前的这个老刑警不但认过怂，还有点笨，想到这，我忍不住看着他笑了起来。张大爷被我笑得莫名其妙，伸着头问我："笑什么呢？"

"我笑您呢。"我毫不避讳地回答，"在遇到您之前，我以为警察都是神勇无比的，动不动就掏出枪喊'别动，我是警察'，然后上去一个飞扑，坏人束手就擒的。没想到还有您这样的。"

"我不敢说大部分啊，我只能说我见过的大部分警察，他们都是我这样的。电视剧里演的那些有没有？有！但是那是在特殊的情况下。特别危急的时候，我也有为祖国捐躯的想法。但是大部分时候，情况没有那么糟糕。记得有一次，我们破了一起入室杀人案，还是连环的。我们抓那个人的时候，他吓得都躲衣柜里了，见到我们拿着枪，裤子都尿湿了。坏人还是心虚的，那种做了坏事还底气十足的人，我也见过，但是很少。"

"那我可不可以将您的话理解为：在这个世界上，还是好人居多？"

"那肯定呀，全球这么多人呢。要是坏人多，把警察都累死了也抓不完。还是好人多，我当警察一辈子，遇到很多坏人，但是遇到更多的是好人。我刚进警局的时候当巡警，帮一个老太太找过猫。老太太为了感谢我，隔三差五地给我送吃的，后来有好长一段时间不送了，我才知道老太太死了。那么多坏人，抓住了送局子里，我不往心里去。但是那些好心眼儿的人，我活到现在我忘不了。所以呀，年轻人，不能做坏事，要做个好人！”最后这一句话，张大爷说得极为认真。

那天，他絮絮叨叨地跟我说了很多事。他说到，一个十四岁的孩子为了上网吧打游戏，就上街抢劫，后来进了劳教所，他爸妈跪在铁门外面哭；他还说到，有个男的家暴成瘾，把媳妇逼急了，结果媳妇给他酒里下毒了，结果两口子一个死了，一个进局子了，剩下一个五六岁的孩子没人管了；他还说到，一个小偷进别人家偷东西，没偷到啥值钱东西，结果逃跑时没站稳，从二楼给摔下来了，把腿摔断了……老人说他这辈子不信鬼神，也从不烧香拜佛。他只相信，做人善恶到头总有报。

最后，张大爷又用极为严肃和认真的语气，对我说了一遍：“记住，千万不能做坏事，做个好人。好人的好能永远被人记着，做坏人，总有一天会受到惩罚。”

我听了他的话，不住地点头。临走前，我问他：“当了一辈子警察，有啥心愿没？”

他说："我就希望我子孙后代，做个好人，不犯罪。"

"我看您呐，何止是希望您的子孙后代做个好人，不犯罪呢，您恨不得巴望这全世界的人民都这样。是不是？"说完，我笑了，他也笑了，露出了仅剩的一颗站得挺拔的门牙，一时间，眼前这个倔强又有些严肃的老头，展现出了他可爱的一面。

对了，张大爷的全名叫张建国。那个年代，这个名字几乎覆盖了全国各地。但是跟现在的年轻人不一样，张大爷不会觉得自己的名字太过于普通，他说出自己名字时的那股铿锵有力和自豪感，我至今记忆犹新。他还说，自己的名字能跟祖国挂上钩，他倍儿骄傲。

再次见到张大爷时，他坐在太阳底下晒太阳。见到我，摆摆手，颇有些将军审阅士兵的风度。

"张大爷，晒太阳呢？"我大声问。

张大爷点点头说："嗯，晒晒。"

嘴巴一张一合间，我看见那颗摇摇欲坠的门牙，依旧顽强地站在那里，仿佛一个坚强的士兵，守着自己的最后一班岗。我仿佛又听到了他对我说："记住，别做坏事！千万不能做坏事！"

我记住了。

真正学会放下，才能学会生活 ◎

曾经几何，我们度过了一段异常艰难的日子，所以从那个时代走过的人，每个人身上都有一个深深的烙印，那就是节俭。他们太害怕手中没钱的日子了，太害怕过那段吃不饱穿不暖的日子了，所以即便现在生活已经产生了翻天覆地的变化，他们仍固执地坚持着所谓的“节俭”。

在养老院采访的那段日子，我见过了太多这样的老人。儿女们买来的新鲜水果，他们不舍得立刻就吃，先放起来，等水果快坏了，才赶紧拿出来吃。有的时候水果已经发霉了，他们也不舍得扔，而是将发霉的地方削掉，然后继续吃掉。还有的儿女给买了新衣服，也不舍得穿，还穿着洗得掉色的旧衣。

陈玉蓉就是这样一位老人。她的生活，可以用“抠门”来形容。家里装了净水器，但是老人却很少用，怕用旧了，每天拎着个塑料壶，到离家不远处的医院里，打免费的白开水；吃剩的饭菜，绝不倒掉，第二天、第三天继续吃；一双两块五的袜子，破了个洞，找点布补上继续穿；从来不去逛商场，只买大减价的地摊货……

这些，我都是从陈玉蓉老人的小女儿口中得知的，老人女儿说这些的时候，一脸的无可奈何，“你说说，现在的生活这么好了，全民养老，没有养老金，国家每个月也会给补贴，可我妈却非要把自己过得跟在旧社会似的。”我站在一旁，不知道该说些什么，毕竟这样的老人太多了。他们的身上，有着历史的烙印，怎么能说去掉就去掉呢?

那天，我走进了陈婶的房间，她的房间跟其他老人的房间有点不同，哪里不同呢?就是她的房间更像是一个家，在不算大的空间里，摆放着一个小冰箱，床头的小柜上还有一张全家福，窗台上摆放着几盆开得正旺的小花。

我进去的时候，陈婶正戴着老花镜坐在轮椅上，小心翼翼地擦拭着花叶子上的灰尘。陈婶有很严重的风湿性关节炎，腿疼起来的时候，根本走不了路，所以就只能坐在轮椅上。得知我来跟她聊天，她停下了手中的活计。

“您这花挺漂亮呀！”我由衷地赞叹道，这几盆小花确实为这个屋子增光添色不少。

“嗨，都是我那闺女弄来的。净给我找事干。”陈婶似乎对女儿的这个行为很是不满，但是语气中却又听不到一丝埋怨的情绪。“你看看，这冰箱，这相框，都是她拾掇来的。我说拿上被子褥子就行了，省得我死了她还得往回收拾，结果人家不听我的呀，还跟我说‘房子是养老院的，但生活是自个儿的’，我说不过她，就由着她了。”

“我觉得您闺女说得对，您看您这小屋，多有生气呀。”

“啥‘生气’呀，就是乱花钱。我是看见就生气，所以我才自个儿住养老院来了。”陈婶嘴巴一撅，很不认同我的观点。

“您以前住闺女家？”我问。

“嗯，老伴死了以后，我就跟着闺女住了。不过住了没多长时间，我就又回自个儿家了。”陈婶回答。

“为啥呀？闺女嫌弃您了？”我开玩笑似的问。

“她敢嫌弃我，我是她妈。是我看不惯他们那生活方式，跟她再住下去，我非得得病。干脆就眼不见心不烦吧。”

“不是一个时代的人，肯定会有一些摩擦，相互体谅，不就过去了吗？”

“我体谅不了。”老人摇着头说，“好家伙，吃顿饭一千多块钱？够我两三个月的生活费了。买件衣服好几百？我也没看出哪好来。关键是，今天买了明天又不想穿了，要不就送人，要不就扔了。孩子那玩具都堆了一屋子了，还不停地买。光坐的小车，就好几辆。买这么多有什么用呀？有钱就应该攒起来，这么个花法怎么行啊？”老人越说越气，声音也随着高了起来。

“人家挣得多，肯定就花得多。生活水平在那，所以档次也高。”我能理解陈婶对于“勤俭持家”的执着，同时也能理解现在年轻人的生活方式。如此拼命地工作，难道就是为了给子孙后代留下一笔财富？过去或许是这样的，但是随着时代的改变，人们的观念也在改变。与其给子孙后代留下一笔钱财，倒不如尽量丰富他们的成长，培养他们自己奋斗的能力。但是作为一个思想已经被旧社会浸染多年的老人，他们是不能理解这种生活方式的，所以矛盾就出来了。

起初，陈婶对于闺女的浪费行为，会直接说出来，但是闺女却总也不听。到后来为了不听她的叨唠，人家悄悄买，买了放起来不让她看见。有一次，她用洗衣机给闺女洗了一件脏衣服。结果闺女回来跟她大吵了一架，因为那件脏衣服是纯羊绒的，不能用洗衣机洗，洗衣机一洗完整个变形了，一件上千块钱的衣服，就这样被洗坏了。

女儿生气，她也生气，生气之余还心疼那一千多块钱。后来她就寻思着再给闺女买一件，毕竟闺女也不是每件衣服都上千块，也只有那一件而已。可是一走进商场，看见价签上红得耀眼的四位数字，她就不舍得了。

“我总想着过去那些苦日子。很多年，我老伴每个月的工资就只有50块钱，没有奖金，没有加班费，就这50块钱，还要寄5块钱给我婆婆，剩下的45块钱，一家五口人就要过到月底。有一年冬天，我想买一件大衣。就装上30块钱，带着我三个孩子坐着火车去了市里。商场里转了半天，看着一件大衣20多块钱，我摸摸口袋没舍得买。最后看见卖包的了，想到我老头子天天背着我给缝的破口袋，就给他买了个包。回家的火车上，我叮嘱当时11岁的儿子照看好两岁多的女儿，自己就闭着眼睛睡着了。等我睡醒时，才发现我买的包，还有给邻居捎的三斤馒头都不在了，更加关键的是，那包里还放着我剩下的20多块钱呢！我攒了多长时间，才攒够的那20块钱，丢了可就再也没有了。我这脑子里呀，就'嗡'的一声。当时，车正好停了，我也顾不得孩子了，跟着人群就下了车，想要将偷我包的那个人抓住，可是我也不知道是谁，追出站台，找了半天，也没有找到。等我回到车站里，车早开走了，我就一直坐在站台上，等着下一辆车来。还好我那大儿子机灵，领着弟弟妹妹安全地回到了家。等我回了家，我老头把我骂了一顿，他没有埋怨我丢了钱，他是怪我不该去追，因为人比钱重要多了。虽然全家没有一个人责备我，可是我想到丢的钱，还有新买的包，我就心疼地吃不下饭，半年多呀，才慢慢想开了。从那以后，我再也没丢过钱，因为我把钱都装在最贴身的口袋里。"陈婶说着，用手拍了拍裤子口袋，那裤子口袋里还有一个小口袋，上面缝着拉锁，“我自己缝的，每条裤子上，我都缝上这样一个口袋，就怕再丢钱。”

“所以呀，我一看见他们花钱，我就心疼，看着他们把那好好的东西都扔出去了，我也心疼，我就趁着他们不注意的时候，再悄悄捡回来，偷偷地藏进地下室里。”陈婶跟我讲起她的“游击战”时，脸上露出了几分得意的神色。

“您捡回来还有用呀？”我无奈地问她。

“其实我捡回来也没用，我就是心疼，看着还崭新的东西就扔了，我这心里就不得劲儿。”

“又没用，您还要留着，这不是占地方吗？”我被陈婶的话闹得哭笑不得。

“后来也没留住。”陈婶一脸的无可奈何，“被我闺女发现了，招呼都不跟我打，直接让收废品的人给拉走了。我知道后，也不敢问呐，只能自己在心里憋屈着。”

“其实您闺女也憋屈着呢。”

“我也知道。所以后来我就提出来回家住了，闺女起先不太愿意，后来看我态度坚决，就只能把我送回家了。这回看不见了，我也不心疼了，过了几年舒心日子。这不今年这腿疼更厉害了，一个人住有时候连饭都吃不上。闺女又把我接到她家，我住了几个月，看见他们过日子的样儿，天天的不光是腿疼，还心疼。正好看电视的时候，看到了养老院的广告，我就要求住这来。闺女不太愿意，我就说‘你要不想我早点死，就别让我跟你住一块儿’。闺女一听这话，就送我来了。

“你们呀，没有过过我们的日子，所以不懂得啥叫‘困难’。我出生的时候，天下就不太平，今儿打仗明儿打仗的，一打仗老百姓们的日子就不好过。后来虽然不打仗了，但是都很穷，好不容易日子好过一点吧，又赶上大跃进和‘三年困难时期’，天天吃不饱，饿得不行就喝水，可是越喝水越饿，最后喝得都犯恶心，可不喝又不行，我还得奶孩子呢。就这么熬呀，熬到了改革开放，又天天担心自己下岗，本来工资就不高，再下了岗，就只能喝西北风了。等日子好过了一点了，又开始供我这闺女上学，她上完了大学，上研究生，上完了研究生又想出国留学。我和她爸爸，当时都想着，就是卖血也得让孩子去，可她不知道为啥又不去了。就这么紧紧巴巴地过了一辈子。”

从那个年代走过来的人，因为穷得久了，所以节俭成了他们应对贫穷的基本办法，久而久之，人也就养成了穷习惯。他们时刻担忧着未来，如果手中没有攒下的钱，缸里没有隔夜的粮，他们的心里就会发慌。他们觉得自己老了，没有了奋斗的能力，也没有打拼的勇气，他们只能靠“省”，手里攥着越多的钱，心里才越有底儿。

后来我见过陈婶一次，那天，她接到了一个电话，她的一个老姐妹在凌晨的时候走了，“看着挺健康的一个人，说走就走了。年轻的时候吃了一辈子苦，老了该享福了，却没机会了。哎……人呐……我那盆花也没养好，死了。屋子里少了些红花绿叶，一下子感觉冷清了很多。我又让我闺女给我买了一盆过来，养习惯了，忽然没有了，还觉得缺点啥了。”陈婶一脸郁闷的表情，对我说。

“还是您闺女说得对吧，这生活是自个儿的，得往舒心里过。”

听了我的话，陈婶含着笑，点了点头，说：“我想明白了，人这一生忙忙碌碌，为的啥呀？不就是把当下的日子过好吗？”

是呀，人生短暂，最该珍惜的，不是遥不可及的未来，而是实实在在的当下。

手写情书的年代，一生只够爱一人

窦康盛老人今年 88 岁了，平时他总是坐着一辆电动轮椅，满院子的“溜达”，很少见他与谁聊聊天，说说话。当我听到他的故事时，脑海立刻浮现出了一首诗歌——《从前慢》。

记得早先少年时
大家诚诚恳恳
说一句 是一句

清早上 火车站
长街黑暗无行人
卖豆浆的小店冒着热气

从前的日色变得慢
车，马，邮件都很慢
一生只够爱一人

从前的锁也好看
钥匙精美有样子
你锁了 人家就懂了

是的，窦伯给我讲的，就是他的爱情故事。

当时我陪着坐在轮椅上“遛弯”的他走着，嘴里有一搭没一搭地聊着，直到我提起窦伯的老伴时，老人的神态才活跃起来，眼睛笑得眯成了一条缝儿，说：“她搞地下工作去了。”这个说法把我逗乐了，“搞地下工作”多么贴切的形容。我们的谈话，就在这样欢快的气氛中展开了。

老人告诉我他姓“窦”，这个姓比较少见，见我脸上露出了疑惑之色，老人进一步说明：“‘窦娥冤’的‘窦’。”

“哦。”我连忙点了点头，随即又问道：“您过去是当兵的吗？”在一群老头老太太中，窦伯的一身军装的打扮格外吸引人注意。

“年轻的时候当过兵，当了 8 年。后来转业到空军后勤部，做了采购员。”窦伯说话的声音虽然有些许沙哑，但是却字字清晰，铿锵有力。

“那您跟老伴啥时候认识的？”

“我不是当了采购员吗？经常去她们单位买东西。就这样认识了。”窦伯笑眯眯地回答。

“自己认识的呀？”那个年代的婚姻多是父母之命媒妁之言，像这样的自由恋爱还真不多。

“是，我们自己认识的。没有媒人。”窦伯摆着手说，“我爸妈去世早，我从小跟我哥哥嫂嫂长大的，没人给张罗对象。”

“那你俩谁追的谁？”我蹲坐在地上，笑着问窦伯。

80 多岁的窦伯听到这个问题后，像一个小男生般羞涩地笑了，我以为他会不好意思回答我的问题，或者搪塞一下我，结果他却一五一十地告诉了我：“我追的她。她漂亮呀，肯定不会追求我的。”

“那您快说说，您怎么追的？”我决定打破砂锅问到底。

“嘿嘿……我一下班就到她单位去，然后把工作证往她桌上一放。我也不说话，她就打开看看，看完以后，往我跟前一扔，问我有什么事。我也不回答她，第二天再把工作证往她跟前一扔，嘿嘿……”说着说着，窦伯就不好意思地笑了起来。

“您就靠扔工作证抱得美人归的呀？这也太简单了。”我大呼不相信。

窦伯继续笑着，无视我的大呼小叫，说："我可是一扔就扔了半年呀。后来她连打开看都懒得看了，我扔过去，她再给我扔回来。我没办法了，就再给她扔回去。哈哈……"想到自己年少时光的笨拙，窦伯爽朗地大笑起来。

"您还真够有毅力的。"我由衷地赞叹道。

"我没什么文化，小学没毕业就辍学了。后来入伍当了兵，就是每天在大山里挖山洞。肚子里没墨水，就只能显摆自己的工作了。我也想写个情书啥的，拿起笔来，思量半天，也不知道写点啥。想来想去，还是扔工作证省事，这招也挺管用的。一开始，她觉得我是神经病，然后又觉得我这个人挺有意思，再后来我要是有一天不去扔工作证，她还不适应呢。"窦伯满脸的骄傲之色。

后来，窦伯就跟自己用扔工作证追来的老伴结了婚，有了两个儿子。他老伴白天要上班，晚上回了家还要做家务，拉扯孩子。说起这些过往，窦伯说了很多遍："她不容易呀，嫁给我之前她是家里的老闺女，啥也轮不着她干，做饭就只会煮面条。那时候她比我下班早，我天天回家后，就一锅面条等着我，吃得次数多了，难免会抱怨。她听到了，认真起来。买来菜谱，天天照着菜谱上做，一开始做的土豆丝跟土豆条似的那么粗，后来就越做越好了，我看比饭店里的那厨子也不差。

"最让我感动的是，上世纪六十年代最困难那时候，她天天说自己胃不舒服，吃饭的时候只吃一点点，然后把大部分食物留给我和孩子们。直到有一天上着班饿晕了，我才知道，她不是胃疼，是舍不得吃。”

“那你们吵过架吗？”我问。

“吵，两口子哪有不吵架的。吵急了，她就要回娘家，她一说回娘家我就没脾气了，马上就住了嘴。我是男人，她一个女人，让着她点是应该的。过日子吵归吵，吵过之后还是得照过。我们不像现在的年轻人，动不动就离婚呀，分手呀。我从来没想过这些，这些都是不负责任的想法。”说到这些的时候，窦伯脸上尽是严肃的表情。是啊，他们那辈人，从来不会不负责任地将“离婚”挂在嘴边，他们一旦选择了，就是一辈子。他们的爱情，就是择一城终老，遇一人白首。

窦伯的老伴“去搞地下工作”的那天，他们老两口正手牵着手去逛超市，从超市回家的路上，老伴忽然手捂着胸口倒在了地上，不一会儿就没有了气息。当时是冬天，大路上人来人往，车辆穿梭，窦伯就一直坐在地上抱着老伴，一直到儿女们和救护车一起赶到，时间已经过去了差不多快两个小时，窦伯的手冻僵了，但是他依旧不愿意撒手。他说，这辈子没有抱过她这么长时间，这一次再不抱，就再也没有机会了。

这话听起来不禁让人流泪，但是窦伯却微笑着说出。

在老伴去世后，家里就剩窦伯一个人了。儿女们不放心，就让他跟着每家住一段时间。可是窦伯舍不得和老伴住了一辈子的房子，于是就独自留在家中。每天面对着熟悉的一切，身边却再也没有那个熟悉的人，窦伯就开始想着，自己什么时候也能去“搞地下工作”呢？他怕老伴走得快，在路上不等他，等他也去地下了，会找不到彼此。在这样心境的影响下，窦伯自然过得郁郁寡欢。

这一切儿女们都看在眼里，于是便张罗着给窦伯介绍老伴。窦伯知道儿女们的用心，很配合地去相亲。可是每当他跟不同的老太太谈婚论嫁的时候，就会想到自己曾经骑着毛驴娶媳妇时的场景，他从心里觉得自己对不起老伴。就这样，相了几次亲，窦伯就放弃了。比起去适应一个陌生的人，窦伯更愿意自己守着回忆度过余生。

“以前我老伴活着的时候，我常常想，我比她岁数大，肯定走在她前面，那时候她一个人在这个世界上生活，该多孤单呀。所以我就想，我得好好活着，多陪我老伴走一段路。结果她却比我先走了，留下我一个人了。这辈子欠她太多了，她生前总说想去旅游，我却总认为时间还长，没带她去，结果就一个转身的功夫，便再也没机会带她去了。”窦伯无奈地笑了笑。

在爱情中，先走的那个人是幸福的，因为所有的痛苦和孤独都留给了剩下的那个人。窦伯原本以为自己用不了多久就会去找老伴，结果没想到自己的命这样长，一年，两年，五年，十年……渐渐地，窦伯也不再去想自己什么时候走了，他也适应了一个人的生活。

“有时候呀，我迷迷糊糊一睁眼，就看见我老伴坐在我床边给我纳鞋垫，再一睁眼，她又不在了。最近呀，总是看见她，我估计她是想我想得厉害了，等我等着急了。哈哈哈……”窦伯说着，就笑了起来，“我也想早点跟她一块‘搞地下工作’去呀，可这把老骨头还这么硬实。哎……”窦伯叹着气，双手摩挲着轮椅的把手。我见过有人向往自由，也见过有人向往爱情，还有人向往永恒，这是第一次，我看见有人向往死亡。如果不是深爱，又怎么能跨越了对死亡的恐惧呢？

从一双手到另一双手，从一个人到另一个人，手写情书的年代，已经距离我们太过遥远，但这样的温存，依然可以带给我们惊喜。老一辈人的爱情，没有太多的甜言蜜语，也没有说不完的“我爱你”。那个年代，没有娇艳的玫瑰花，也没有香醇的巧克力，更没有闪闪发亮的钻石戒指，有的只是至死不渝的相濡以沫。是他们让我们知道，因为爱情，生活中才不会有沧桑。

不怕死，才能好好活

葛大娘今年将近 90 岁了，是我采访的老人中年龄比较大的一位。若不是亲眼所见，我无法相信一个 90 岁的老人，她的眼睛依旧炯炯有神，虽然已经没有了牙齿，但是她那薄薄的嘴唇依旧红润，脸上虽然已经布满了皱纹，但说话说到兴起时，脸颊上还会飞出两团红晕，让人一看就无法忘怀。

虽然已经到了 90 岁高龄，但是葛大娘的生活完全能够自理，洗澡、梳头、洗衣服，她常常自己就完成了。得知我要采访她，她很是重视。那天，早早地起了床，穿上了一件崭新的衣服，将一头银丝拢起在脑后，绾成一个髻，整个人看起来干净又利落。

葛大娘说自己没子女缘，一辈子怀了几次孕，但最终只活下来一个儿子，现在她的儿子也有 70 岁了。前年儿子得了重病，无法再继续照顾她这个 90 岁的老人，于是葛大娘就住进了养老院。

“我现在的生活呀，比以前规律多了。天天早晨 6 点钟起床，出去溜达一圈，回来洗洗刷刷，收拾收拾屋子，就到了吃早点的点。吃完早点，我就到活动中心打麻将去。”

“能赢钱不？”我问。

“我们不来钱的，都岁数大了，脑子不好使了，不能来钱的，我们就输扑克牌。输了赢了的，就是图个乐和。”

“那您可以呀，还能看得清。那麻将上的字那么小。”

“那还用看呀，用手一摸，就知道是啥。”葛大娘看着我笑，兴许是笑我没见过市面的样子。

“这不就是传说中的‘赌神’吗？”见老人健谈，我便开起了玩笑。

“对，就是‘赌神’，哈哈……我那护理师说，我有时候说梦话呀，都在打麻将！”葛大娘爽朗地笑了起来，接着又说起她刚才没有说完的话，“中午打完麻将吃饭，吃完饭我就睡会儿午觉，起来看会儿电视，然后吃晚饭，吃完晚饭看天气预报，再看会儿电视，九点我就睡觉了。”葛大娘像汇报工作一样，将自己的一天汇报给了我。

我点着头表示赞同，不经意间，被床边的缝纫机吸引住了，那缝纫机上还放着一块宝石蓝的缎子布。

“您还做衣服呢？”我不可思议地睁大了双眼，用手指着那台缝纫机问。

“前几年还能做，这几年不行了，看得时间长，这眼睛就花了。但是这缝纫机跟了我大半辈子。那时候我喜欢做衣服，但是都用手缝，后来我儿子上班后，自己悄悄攒钱，给我买了这么一台缝纫机。老房子拆的时候，该卖的都卖了，该扔的也都扔了，就剩这台缝纫机，我不舍得扔，走哪带哪。”老人站起了身子，走到了缝纫机旁，手轻轻地抚摸着，就像是在抚摸一件稀世的珍宝般。

“我那天忽然想起来，等自己以后去了地底下，没有包，那我儿子给我烧了钱，我就没处放呀，所以我就把我做完寿衣剩的布找了出来，打算做个小包，到时候拎着。现在眼睛不太好使了，你看看这线都走得不直。哎……凑合着用去吧。”葛大娘边说，边将手中没有做完的小包递到了我手上。

“您说……这包是您去地底下拎的？”我怀疑自己的耳朵听错了。

“是呀，我早 10 年就把自己的寿衣做好了，遗像也照好了。这些事情都得早准备。当年我老头子走得急，我也没想着给我老头子带个包，也不知道这么些年，他在那边用的啥。”

“您这还活着呢，就准备好后事了？会不会太早了呀？”我从来没有想过自己生命的尽头在哪里，所以面对老人积极地为自己准备身后事，我有些不能理解。

“什么事情要是等到非做不可的时候再去做，那就晚了。千禧年的时候，我老伴查出来癌症，胃癌，做手术切了三分之一的胃。当时我老伴被推进手术室的时候，我心里后悔呀。我在医院工作了一辈子，抗战时期，我也上过战场，见过太多生死了。前一秒还活蹦乱跳的人，后一秒就没气了。生死，就是一瞬间的事，而我们还有太多事情没有做呢。”

“那您老伴……”

“后来手术挺成功的。我们还都上班的时候，就说过，退休以后出去旅游。可是退休后又帮着带孙子，其实更主要的是心疼钱，也怕累，就没有出去玩儿过一天。我老头子这么一病吧，我倒想通了，钱再多也生不带来死不带走，干吗舍不得。于是我老头子身子一恢复得差不多了，我就跟他商量着旅游的事，老伴起初有些犹豫，但也想着这命说不定什么时候就没了，去就去。”

“如果你看见了，你估计也会觉得挺逗的，一个小老太太，自己还走不稳当呢，还推着一个老爷子到处转。”葛大娘边说边笑，仿佛又回到了那些时光中。

“我们去的第一站，就是北京。”葛大娘说，“别看在北京边上长大，但是北京变化这么大，我们还真没有好好地转转。本来我以为我们的出行会非常困难，结果比想象中顺利多了，到处都是活雷锋，帮我推轮椅，给我按电梯，替我拿东西，哎呀，不出门不知道现在的年轻人都这么有爱心。”

“那你们都去了北京哪呀？”我问。

“去了天安门，天安门还是以前的样子，但比以前漂亮了。然后去看了看故宫，以前一直不敢去，怕被批斗。从故宫出来，我们就附近找了个旅馆一住，睡着软乎乎的床，我和我老伴对着傻笑了半天。第二天，我们又去了一个小吃街，吃点没吃过的东西。等我们两个人高高兴兴地回了家，可把我儿子急坏了，以为他爹妈丢了呢，哈哈哈……”葛大娘开心地说。

“后来，我们又去了好多地方，天津、西安、大理……这玩起来就收不住了，人的心境就不一样了，本来我们还打算出国一趟，但是我老伴没等到那个签证下来，癌细胞就再次扩散了，又切掉了一半的胃，人瘦成一把骨头了，他不敢出国了，怕回不来。没过一年，他就走了。走前还跟我说‘没去成外国，亏了’，要是我还能走得动，就代替他去看看……”

结果，葛大娘就真的代替她老伴去看了，她先后跟着团去了泰国、韩国。“去了才知道那电视上都是骗人的，之前看韩国电视剧，我以为韩国人各个都那么漂亮呢，结果到那一看，好看的人都去演电视了，电视外面的，长得还不如咱们的人好看，她们就是会打扮，那妆化得忒浓。泰国的姑娘们倒是长得挺俊，就是人高马大的，一张嘴，吓我一跳，说话男人声。导游跟我说，她们是人妖，我就搞不懂了，好好的男孩子干吗非要变成女孩儿，咱们这家里生个男孩儿那得多高兴的事，他们父母就舍得让他们变成女的……”葛大娘絮絮叨叨地说着她一路上见到的新奇事，老太太说话幽默，几次都把我逗得咯咯直笑。

在住进养老院之前，葛大娘完成了有生以来最远的一次跋涉，去了法国。从法国回来后，她儿子就查出来癌症了，跟她老伴一样，也是胃癌。但是因为发现得早，所以用药物控制着。

“我很佩服国外的老头老太太，尤其是欧洲那些国家的。我在法国看见一个七八十岁的老太太，脸上的褶子一堆了，但是还涂着口红，梳着优雅的发型，套着裙子和丝袜，穿着皮鞋。还有那些老头，年纪一把了，还在广场上做街头艺人呢。跟他们一比，我发现自己老的不是身体，是心理。这心态一改变呀，周围的一切就都变了。我以前觉得自己老了，很少买衣服，都是儿媳妇逢年过节的给我买着穿。现在我也老去逛商场，看见好看的我就试试，不会像以前一样怕人笑话，怕自己穿上像‘老妖精’。你看，这就是我以前自个儿去商场里买的，咋样？好看不？”葛大娘站起身子，在不大的屋子转了一圈，好让我全方位地看个清楚。

“好看，真好看。这小高领，衬得您特别有气质，要不您也买只口红涂涂吧，准能再年轻个七八岁。”我说着丝毫不违心的话。

“哎呀，那别人可真要笑话我了，哈哈……”葛大娘连连摆手说。

末了，葛大娘对我说，她以前怕死，因为有太多的心愿没有完成，现在她越来越接近死亡，她反而不怕了，因为她做好了一切的准备，没有了任何遗憾。

看着眼前这个脊背已经微屈，头发却梳得一丝不苟的老人，她的精神、心态包括身体都因一种彻底的超越，显得祥和而平静。她让人感到，原来死亡并不可怕。只要做好了心理准备，就不会被那种无法给自己“倒计时”的无奈和伤感打得束手无策。也只有做好了心理准备，才能坦然地说自己“不怕死”，然后选择好好地活着。

心怀感恩，才能对生活报以温柔

徐淑芳老人的女儿梁女士是主动找到我的。徐淑芳老人住在养老院的另一边，那里就像“禁区”一般，因为那里住的，都是岁数已经非常大，已经完全失去了自理能力，有的甚至就只剩下一口气、只等着油尽灯枯的那一天的老人。

“我母亲生在晚清，她经历了清朝、民国，活到现在的新中国。”徐淑芳老人的女儿一开口，我就知道这是一个不平凡的故事。

徐老太太的父亲是地主家的长工，所以她的家境十分贫寒。可能越是贫寒，思想就越是老旧。她的父亲给她缠了足，这是一种旧社会的恶习，用布条将未发育完全的女孩儿的脚紧紧地缠裹住，目的就是不让脚长大，缠足的女孩儿足部几乎都变了形。我透过窗子，看着在床上熟睡的徐老太太，她的小脚正好露在被子外面，那双脚的前脚掌几乎紧挨着后脚跟，足弓高高地拱起，看起来就像骆驼的驼峰。所以，徐老太太经常会说她的女儿生在了好时代，而自己生在了万恶的旧社会。

大约长到 14 岁的时候，徐老太太的父亲去世了，母亲带着几个孩子改嫁到了另一个地方。对于徐老太太而言，社会并没有什么变化。她的父亲是长工，而她也嫁给了一个长工。丈夫比她大 8 岁，为人虽然勤快，但是无论他们两人如何面朝黄土背朝天地干，只要给地主一交租，他们就没有什么钱了。他们盖不起房子，就住在地主家旁边的一间茅草房里。

到了民国后期，形势动乱，匪患严重。那个时候，徐老太太白天都不敢出门，就怕万一碰到土匪被劫走。但是怕什么来什么。一天夜里，土匪想要抢地主家，可是地主家的大铁门怎么也砸不开，土匪不甘心空手而归，就冲进了地主家旁边的茅草屋。

一直听着外面动静的徐老太太吓得浑身发抖，但是她也不忘了从灶台里抓了两把灰出来涂到脸上。土匪一进来，见没什么可拿，一气之下，将家里仅有的几个碗摔了个粉碎。徐老太太的丈夫想上前阻拦，结果被几个土匪打了一顿。出了气的土匪走了，徐老太太才发现自己丈夫的眼睛都被打肿了。可是她还顾不得照顾丈夫，就发现土匪走之前还放了一把火，很快家里的茅草房就被烧着了。徐老太太顾不得收拾家里那些不值钱的物件，一手抱着一个孩子，催促着丈夫逃了出去。

“第二天，我妈看着被烧成灰烬的房子，坐在地上哭，回头一看我爸，脸上什么表情都没有，就觉得有点奇怪，走近一看，才发现我爸的眼珠子被土匪给打爆了，他什么也看不见了。从那以后，我爸就变了。听我妈说，我爸以前特别老实的一个人，从来不大声跟她说话。可是自从眼睛看不见以后，脾气就变得暴躁，有时候一言不合，就会对我妈拳打脚踢。

“记得我小时候，有一次因为我妈把水杯放到了桌子边，被我爸碰到地上，摔碎了，我妈就说了句‘好好的杯子，可惜了’，结果，我爸顺手抓住我妈的头发，就往地上磕。地上都是碎玻璃呀，我妈连忙用手捂住玻璃，结果头一下一下地撞在她自己的手上，而她的手却被血给染红了。我吓得大叫，我爸听见了，停下了手里的动作，向我走来。我看见他白色的眼珠里全是愤怒，我就知道下一个挨打的就是我了。但是还没等他摸索地走过来，我妈一骨碌爬起来，将我拽到怀里，然后我们娘俩一起躲在柜子后面。我妈怕我哭出声，就用流着血的手，紧紧地捂住我的嘴巴，血流到了我的嘴里，我咂摸着血的味道，竟然不感到害怕了。”

徐老太太的女儿说这些的时候，一脸的淡然，和我一脸的惊恐形成了鲜明的对比。“当你知道，这世界上有个人会拼命保护你的时候，你就不知道什么叫害怕了。而那个人，就是自己的妈妈。”

“那你和你妈恨你爸吗？”我问。至少，在我眼里，徐老太太的丈夫，已经变成了一个可怕的人。

“小的时候可能恨过。后来就不恨了，因为我妈说，我爸这辈子也不容易。当初他守护的那几只碗，是我妈嫁过来时的嫁妆，我妈每次洗的时候，都小心翼翼的，所以我爸那么老实的一个人，才敢去对抗地主。我妈心里一直记着我爸的好，每次他发脾气打她，她从来不还手，就趁我爸不注意，躲起来，然后等我爸气消了，她再悄悄出来。有一次，我爸因为看不见，一胳膊抡到了镜子上，镜子碎了，我爸的手也破了，上面全是玻璃碴，我妈‘啊’地叫了一声就出去了，边哭边给我爸包扎。可能那就是他们那一辈子的爱情吧。”

的确，关于那一段历史，因为距离太过久远，我们所知甚少。而大部分的老人，又将那些往事当做了稀疏平常的状态，所以很少提及。

“是呀，所以我问我妈是不是经常挨打挨饿。我妈一脸严肃地告诉我，她不但没有挨打挨饿，反而她的婆婆对她很好，就像疼自己闺女一样对她好。这也是后来我爸病了以后，我妈总是谦让他的一个原因吧，因为据我妈讲，她跟着我外婆改嫁以后的日子过得十分苦，经常吃不饱穿不暖。所以她将婆婆对她的好，视作恩赐一般。她经常跟我们讲‘做人要有良心，不能忘了别人对你的好’。

“其实，我爸在头脑清楚的时候也挺好的。晚上他早早就躺被窝里，我悄悄说他懒，他听见了，就说在给我妈暖被窝呢。后来我爸去世了，临死前，他跟我们兄妹几个说，让我们照顾好我妈，说她受苦了。说完，人就走了。”梁女士说到这里，有些许的伤感。我静静地等着她，等她从父亲去世的悲伤里走出来。

良久，梁女士才继续往下讲。

“我父亲死后，我母亲总是觉得孤单。我们几个一商量，就决定让我妈挨家住，一家住一个月。我妈从心里觉得这样拖累我们了，所以不管在谁家住，她都特别勤快。跟我住城里的时候，她每天把屋子收拾得干干净净，跟我哥他们住乡下的时候，快70岁了，还扛着锄头下地干活呢。后来，她岁数越来越大，就感觉自己什么也干不了，像个废人一样，就想着住进养老院来，我们几个都不同意。我们说，她把我们养大，我们伺候她到老是应该的。但我感觉我妈从那个时候起，脑子就有点不清了。她每天晚上睡觉前，要把家里所有门窗都锁住，三伏天也是如此。她说，如果不锁上，土匪就进来了，土匪要烧房子，要打我爸爸，不能让土匪进来。”梁女士的眼圈忽然就红了，“你说那土匪真可恶，要不然我妈年轻时候，也不用遭那么多罪。”梁女士一边抹眼泪，一边骂着曾经的土匪。

“后来我妈病情越来越严重，她总是想要躲起来，觉得哪都不安全。有一次我送我小孙子上幼儿园回来，我妈就不在了。我当时急得都懵了，找了一大圈，终于在我们小区那小超市里找着她了，她就躲在人家那一堆箱子后面，手里还抱着我爸的遗像呢。哎……那时候我大哥瘫了，我二哥也有点糊涂了，三哥不在身边，就剩我一个人照顾我妈，而且我还要帮我儿子带孙子。难呀，没办法，就把我妈送这来了。说实话，我这心里挺不落忍的，觉得好像把我妈抛弃了一样。”梁女士的眼泪，再次落了下来。

我连忙掏出包里的纸巾递给了她，并劝说道：“如果老太太头脑还清楚，她肯定也不愿意看着你这么劳累，那时候不用你送，她自己也会选择来到这里的。所以，你不用心有愧疚，这样反而遂了老太太的意呢。就是在家，你要照顾一大家子人，不见得有这里将老太太照顾得好呀。”

其实，在很多儿女眼中，将父母送到养护机构都是一种不孝的行为，而实际上，对于老人而言，他们所求的不是儿女要为他们付出多少，而是儿女们能够将自己的日子过好，那样自己才能放心地安度晚年。

“对，你说得对。”梁女士叹了口气，说道。这时，屋子里的徐老太太已经醒了，她正费力地想将身上的被子撩开。梁女士见状，连忙对我说："我先进去伺候我妈了。你一定要把我妈的故事写进去，还有，我妈最常说的话，就是'要记住别人的好'。"梁女士一边交代我，一边疾步向屋子里踱去。

我不住点头表示我记住了。就算梁女士不说，我也一定会把"要记住别人的好"这句话记住，因为正是能够记着别人的好，徐老太太才能够温柔地去对待这个世界。

从那个年代走过来的人，每个人身上都有说不完的故事，大多数的故事都随着故事的主人化为一捧黄土。梁女士是个有心人，她记下母亲的点滴，让这个平凡的老人，能够将她的故事以另一种方式记录下来。**人存在的意义，就是将那些飞速流逝的岁月记下来，几年，几十年，乃至一辈子，然后告诉自己的下一代，让已经消失不见的种种，成为永恒。**

是好是坏，过去的都不会再回来

张树生老人今年已经 83 岁了，他个子不高，但是长得很有佛像，眼睛眯着，耳垂大大的。在没有认识张树生老人前，“文化大革命”给我的印象只停留在教科书和一些当代文学中，直到听了老人的故事，我才发现，这世界上没有那么多离经叛道，也没有那么多尔虞我诈，大家追求的目标往往很小很小，不过是稳稳的幸福罢了。

采访老人那天，正值夏末，树上的知了拼命地“知了、知了”地叫着，仿佛在抓住这人生的最后阶段来歌唱。大部分老人都在午休，我轻手轻脚地走到老人的房间外，看见老人手里拿了个手机，正坐在床上满头大汗地研究着，见我进来，连忙问我：“我闺女给我买了个手机，可是我不会用，上面一个键都没有，我摆弄了半天，也没有反应，我想看看手机里曾孙子的照片。”

我接过老人的手机，是一台崭新的触屏手机，我帮老人打开了手机里的相册，里面有很多照片，老人看了照片显得很激动，忙让我教他怎么用，我一步一步地告诉他，可他按着屏幕时，屏幕却丝毫没有反应，我一看老人的手指头，上面全是裂纹和厚茧，一道道的，像深深的沟壑。

“是不是手机坏了？”老人见手机没有反应，有些焦急地问我。

我告诉他不是，而是因为他的手指头太粗糙了，所以屏幕识别不到他的手温，所以才会出现毫无反应的情况。听了我的解释，老人才放心地笑了，然后低头看了看自己的双手，说：“我年轻的时候吊车，时间长了，手就成这样了。”

“吊车？”隔行如隔山，我对老人嘴里这个专业术语有些不太明白。

老人认真地给我解释道：“就是在火车行驶的过程中，攀上火车，然后将两节车厢分开。”

听了老人的解释，我依旧一头的雾水，看我还是不甚明白的样子，老人又进一步解释了一下：“火车见过吧？”我点点头。“火车拉那么多节车厢，但是这些车厢并不是都运往一个地方，所以就需要将那些到站的车厢留下，让其余的车厢继续跑。我们所做的工作，就是在火车缓慢行驶的过程中，攀上火车，然后将两节车厢中间的‘扣’解开，将到站的车厢留下来。”

“哦，这么一回事呀！”完全明白过来的我，忍住惊呼道，“那不是很危险？”

“熟能生巧，严格按照规章制度来，就没有什么危险，就是辛苦了点。那时候物资缺乏，单位很久才给发一双线手套，每个人的都是缝缝补补地用。有一次在寒冬腊月里，我的手套坏了，没来得及补，手一扒上火车上的铁杆，就生生扯掉一层皮呀。”听着老人的叙述，虽然年代已经久远了，我似乎还能感觉到那种刺骨的疼痛感。

说完了自己曾经的工作，老人才恍然想起了什么似的，看着我问：“你是干什么的？看起来不像是这里的医生呀？”

我“嗯”了一声，说：“我是来采访老人，收集老人故事的。”

“哦，就是要写写我们这些老头老太太？”得到我肯定的答复后，老人又接着问，“我们有什么好写的呀？都是一群普通人，身上也没有什么惊天动地的事迹。没的写，没的写。”老人边说边摇头。

“大爷，平平淡淡才是真呢！才最能打动人心呢！你们这一辈的经历，如果不说出来，不写下来，后辈怎么能了解你们呢？又怎么能了解过去那个时代呢？您说对不？”经过我这样一说，老人若有所思地点点头，说：“嗯，你说得也对。那我就给你说说我的故事吧，当做是你教我用手机的回报！”

“哈哈……那当然好了。”我连忙找个椅子坐下来，一眼瞥见了老人床头的姓名牌——张树生，见老人不知道该从何说起，我提示道："您就从您最难忘的事情说起吧。"

"最难忘的呀？"张大爷重复着我的话，用手挠着脑门，思量了半晌后，说："还真有那么一段岁月，你一问我，我立刻就想到了，我年轻的时候被批斗过。"

"'文化大革命'的时候？"

"嗯。要说时间也都过去四十多年了，但是一想起来呀，就跟还在昨天似的。一觉醒来，满大街都是标语和大字报，孩子们也都不上学了，举着个旗子到处游行，嘴里喊着'打倒一切走资派''横扫一切牛鬼蛇神'的口号。红卫兵们的胳膊上都缠着一缕红布条，喊着'破四旧'，凡是看见街上住户们窗台上摆的花盆呀、鸟笼呀什么，就全部举起来摔在地上。我住在城里，听乡下的亲戚们说，村里的菩萨庙土地庙之类的代表旧封建旧思想的，都被砸烂了。每天上班前、吃饭前、睡觉前都要背一遍毛主席语录。人们茶余饭后的话题，不是谁谁谁被批斗了，就是谁谁谁被告发了。我呢，也是没长心眼儿，在那个节骨眼儿上，也不懂得管好自己的嘴，也被拉出去批斗了。"

"就像书上或是电视上说的那样，脖子上挂着大牌子，跪在大伙面前念检讨书？"我问。

"要是跪着还舒服点，我是弯着腰，90度的鞠躬，不能抬头，你说累了想直直腰，不行，立刻就有人上来打你，所以就只能一直弯着腰，低着头站着，接受大家伙的批评。

原来我是火车站上吊车的，被批斗以后，原来的工作也不让做了，就让我挂着大牌子扫大街，扛麻袋。”

张大爷语气平淡地说着那个疯狂的年代，仅仅一句话就让他成了万人唾弃的对象，这样的经历让人唏嘘不已，但是令张大爷万万没有想到是，这句话不但给自己带来了灾难，连同他的家人也受了牵连。很快大家就不满足于只批斗他一个人，所以白天他在单位被批斗，他的妻子在街道被批斗。

“我老伴那个人性情刚烈。街道让她跟我划清界限，她不但不愿意，还天天跟人家吵架。这样别人怎么能放过她呢？每天出门，都被人指着鼻子骂，家里的孩子出门不但会被骂，还会被打，每次孩子被打一身伤哭着回家，我老伴就会像疯了一样冲出去，站在大街上骂。有一次，住在我们前排的那家儿子，把我闺女的头砸了个窟窿，我闺女满脸是血地回家，把我老伴心疼坏了，也气坏了。她不吃不喝站在门口，对着那家后窗户骂了整整一天，骂得那家人连门都不敢出。”

“那您老伴还挺厉害呀？”

张大爷连忙否认了，说：“她呀，不厉害，是被逼得没法了。老实也被人欺负，厉害了，反而别人还能怕三分。每次我回了家，看见她被人又打又骂的一身狼狈，再看看孩子们不是这个被打哭了，就是那个被骂哭了，我这心里呀就跟刀割似的疼，恨不得抽自己两个嘴巴子，让自己再口无遮拦。我也劝我老伴跟我脱离关系，让我一个人受罪就行了，至少她和孩子还能过点清净日子。但是她就是不愿意，她说嫁鸡随鸡嫁狗随狗，嫁给我就愿意陪着我挨批斗。她不能也不忍心看着我在外面受了气，回了家还要受冷遇。我一方面气她倔强，不懂得为孩子们想想，但另一方面又感动，不舍得责备她了。”

张大爷在说起自己的老伴时，满眼柔情。“这大概就是‘患难见真情’了。”我总结道，“那您老伴呢？现在怎么样了？”

“走啦，她身体一直不好，我退休后没几年，她就走了。那段日子太折磨人了，我老伴又是一个要强的人，天天被人指着鼻子骂，我老伴的精神就出了问题了。‘文化大革命’都过去很多年后，还时不时地发疯，有一次犯起病来，差点把我们的外孙女掐死。幸好我回去得早呀，孩子的脸都发青了。我老伴不容易呀，跟着我没享了福，净受罪了。日子好过的时候吧，人又不在了。”

“那您恨当初出卖您的那个人吗？”我问。

“恨也谈不上，只是当时有点生气，没想到我那么信任他，他却出卖我。但是我可以理解，在那个特殊的时期，他做了他认为对的选择，所以他也算是一个正直的人。我只恨自己，说了不该说的话。”

“那您就原谅他了？”

“人都道歉了，还想咋招呀？过去的事情都过去了，何必耿耿于怀呢？人这一生长着呢，不能总想着那些不好的事情，要多想想那些好事。我被批斗得最严重的时候，家里日子过得也不好，正巧我妈来信说，让我给家里寄点钱，我家里已经一分钱都没有了，只能出去借。我敲开别人家门，别人一看是我，就说‘你怎么来我家了，快走快走，别让人看见。’但是有一家人，看见是我后，没有撵我，头伸出来看看没人看见，就一把把我拉了进去，听说我要借钱，二话不说，就借给了。这个恩情呀，我这辈子也忘不了。”

张大爷说，人这一生太长了，酸甜苦辣都有，一个人若是总记住别人的恩情，日子过得再难也是甜的；相反，若是总记得他人害自己，那日子就没法过了，多好的日子都是苦的。我对老人的话深以为然。记住别人的好，哪怕只有一点点；忘记别人的不好，哪怕很多，即使伤得很深。这个世界上纵使有许多忘恩负义的人，也还是有更多知恩图报的人，就像张大爷这样。

时间不知不觉就过去了，老人们也陆陆续续醒来，我正欲起身告别时，医生进来给张大爷检查身体了，量过血压以后，医生说张大爷的血压挺高，但是舒张压却很正常。我正在琢磨这两者之间有怎样的关系时，医生解释道：“脉压差越大，就说明老人的心脏功能越好。”听到这个答案，张大爷满意地笑了，我忍不住想：这颗已经跳了八十年的心脏，依旧能够如此强劲有利，它所支撑的这个生命，一定是无比顽强与善良的。

恨一辈子的人，最后就成了爱

在采访老人的日子里，我听过了许多生生死死，不禁思考起一个问题：怎样算是真正的放下。直到听过高新荣老人的故事，我才知道，原来真正的放下，就是当我们再次面对过往那些让我们难堪、憎恨的人时，能够做到心如止水，坦然面对，并一笑了之。

高新荣老人今年 72 岁了，之所以住进养老院，是因为儿媳不愿意跟她住一起，而她又不愿意跟自己的女儿住在一起，不是跟女儿关系不好，是因为她觉得女婿是外姓人，到时候死在女儿家里，怕会让女婿嫌弃。所以她就住进了养老院中，最开始住进来时，高婶的情绪低落了好一阵子。她想不通，人人都说“养儿防老”，怎么自己养了儿，也没防了老呢？不过这使她更加坚定了自己的人生格言：养女比养儿强。

好在养老院是个大家庭，有文静不爱说的，就有活泼话多的，渐渐地，在大家的影响下，高婶慢慢融入了大家，在一群聊天的老人中，开始能够看到她的身影了，偶尔也能听到她对着一屋子的人高谈阔论。不过高婶最喜欢的事情，还是倚着门框打盹。初秋的阳光透过屋檐斜照在她身上，满头的银发在阳光下透明而耀眼，她觉得这样会让她感到很温暖。

早在夏天时，我就曾跟高婶聊过几句，但是老人兴致不高，或者说不想将自己的心事吐露给我。就在我都准备要放弃这个采访对象时，高婶却渐渐对我热情了起来，每次见了我，都会主动与我打招呼。终于有一天，她也主动说起了她的故事。

只是，高婶说话的线头一旦被扯出来，就无法再拽断了，她根本不与我交流，也不管我是不是在听，只顾着自己说话，一连串略带地方口音的普通话便如一串音符般，从她的口中流出。

“我妈就生了两个孩子，除了我，我还有一个弟弟。但是我的生活，并没有因为家里孩子少，就幸福了半分。甚至我觉得，可能我过得还不如那些家里孩子多的，毕竟他们还能享受平等。小时候，我妈总是把仅有的食物先让我弟弟吃，我弟弟吃完了才轮到我，如果都被我弟吃了，那我就只能饿肚子。就因为我是个丫头，就只能吃剩的，或是饿肚子？”高婶问得很认真，我却不知道该怎样回答，答案肯定是否定的，但是生在一个重男轻女的家庭，这样的事又能找谁说理去呢?

不过，高婶也没打算让我回答，只停顿了片刻，便继续说了下去。“让我印象最深刻的一次，是我叔叔过年的时候来我家，带了两块巧克力，分别给了我和我弟弟。那巧克力真香呀，我隔着糖纸都能够闻到那股香甜的味道。我不舍得立刻就吃，可就在我还闻味的时候，我弟弟手里的巧克力就已经进肚子里了，然后两只眼睛盯着我手里的巧克力，哭着还要吃。我心里觉得不妙，结果我妈就真的走过来了，没等我躲起来，就一把抓住了我的胳膊，让我把巧克力交出来，我死活不愿意，她就使劲儿抢，后来把我手都抠破了，我受不了疼，终于松了手。下一秒，巧克力就到了我弟弟的手中。我弟弟笑了，我妈也笑了，我叔叔也笑了，只有我哭了，但是没有一个人哄我，没有一个人在乎我内心的感受。当我弟弟用那种‘胜利’的眼神看着我时，我真的恨死他们了，恨我弟，也恨我妈。

“后来我上班挣钱以后，第一个月的工资，我就全部用来买了巧克力。回家后，我一进门，我妈就管我要工资，得知我全花了以后，一巴掌就打上来了。她说养了个没良心的东西，养我这么大，挣了钱也不知道孝顺她。其实，她哪是想我孝顺她，她那天晚上和我爸说的话我都听见了，她想用我挣的钱供我弟弟念大学，给我弟弟攒钱盖房子娶媳妇，却唯独没有想到我。那晚给我的印象太深刻了，我一个人躲在屋子里，吃了一宿的巧克力，一边吃一边哭，巧克力和眼泪混在一起的味道，我永远也忘不了。”

由于吃了太多的甜食，第二天高婶的嗓子就哑了，哑得说不出话来，但是她的母亲却没有对她说一句安慰的话。19 岁那年，有媒人上门给高婶提亲，高婶匆匆见了一面，甚至连对方的长相都没记住，她就同意了这门亲事。当时母亲不太乐意，理由是男方家有点远，以后高婶回家不方便，万一家里有个什么事，她赶不回来。而这恰恰遂了高婶的心愿，她就是想离自己的家越远越好。嫁人以后她就跟婆家住在一起，心里想着，自己这辈子都不要再回那个家了。她母亲生病了，她也不愿意去看。

直到她怀孕以后，婆婆当时看她的样子，认为她怀的是个女孩儿，说生了也白生，养半天还是别人家的人，所以让她打掉，她坚决不愿意，为此和婆婆决裂，自己搬出来单过了。生下来后，果然是个女孩儿，她想到自己成长的这些年，母亲重男轻女的那些点点滴滴，她在自己心里发誓，一定要对自己的闺女好，绝对不能重男轻女。后来，高婶才知道，母亲重男轻女，是因为有过一段伤感的往事。

“我后来才从我父亲口中知道，我母亲当年因为生了个丫头，被她婆婆狠狠地羞辱过，不但在大冬天打开窗户让她吹冷风，还全然不顾她正在坐月子，只伺候了三天，就不管了。我妈只能自己下地干活，不但要做饭，还得洗衣服洗尿布。那时候我还特爱哭，气得我妈要把我送人，最后我爸给拦下了。但是因为没有好好坐月子，我妈落下了很多病根，比如：头疼、后脚跟疼等。直到她生下我弟弟，婆婆才对她好了一些，整整伺候了 30 天，在那 30 天里，几乎只会念叨一句话——总算给她老高家留下根了。天差地别的待遇，让我妈觉得只有男孩儿，才能带给她幸运。当我爸跟我说这些的时候，我就想到我自己拉扯孩子时的情景，虽然还是会为她那套封建的思想生气，但也觉得自己心里不那么恨她了。

“她走前生病，我还去医院伺候了她一段时间。那段时间我不能回家，我一回家她就不停地找我，可是一看见我呢，就会骂我‘死丫头，跑哪去了？’就跟小时候一样，可能我长大了吧，不会像小时候那样难过了。但是我跟我妈就始终亲近不起来，包括她走的时候，我觉得自己都没有那么难过。”

“那么现在呢？您还恨自己的母亲吗？”

“现在啊？不恨了。恨了她那多年，也该原谅她了，而且自己当了妈妈以后，能够体会到她当年的那些难处。就算她对我不好，但是她生我养我一场，就冲这个，我也不能恨她不是？”

“是，恨一个人，只会让自己生活在黑暗中，只有原谅，才能让自己感受到幸福。”

“你说得真对。我以前因为我妈疼我弟，所以跟我弟关系也不好。我从来没有像一个姐姐一样，去保护过或是关心过他。记得有一次我出门，正好看见几个大孩子欺负他，可是我就当没看见一样，扭身走了，我弟在后面使劲儿喊‘姐，姐’我就是头也不回，心里还想着‘活该’。回去了以后他也没把这事告诉我妈，估计他要是告诉了，我妈又得跟我闹。

“其实他长大以后，就不再像小时候那样了，反而想起小时候的自己，他还觉得有些愧疚。我妈走之前，把我支开，跟我弟说了好多话，当时我心里还不是滋味的。但我弟后来跟我说了，我妈也没说什么，只是有一句话他记得特别清楚，我妈说‘过去生活条件不好，我总是向着你，吃的用的，都先紧着你，你姐为此受了不少委屈，出嫁好多年都不回家。我和你爸走以后，这世上就你俩最亲了，你得好好对你姐。’

“听我弟弟跟我说完这些话，我忽然特别想哭，很想当着我妈面问问她：‘你活着的时候怎么不惦记着我，现在你死了想到要对我好了？’但是我咋问呀，她都入土为安了。知道她心里有我这个闺女，我这心里就舒服多了。”

高婶后来还说，她弟弟经常来这里看她，每次都给她带很多东西。有一次三八妇女节还给她买了一盒巧克力，看到巧克力，高婶就想到了以前的事，没想到她弟弟也记得。她弟弟说当时确实很得意，但是长大以后想起来，很后悔。尤其是有一次他发现姐姐一夜之间吃了一堆巧克力后，他的心里就更加不舒服了。那时候心里暗暗发誓，等以后挣了钱，一定要补偿回来。

高婶说着这些的时候，与她说起童年时候的样子完全不同了，她的嘴角挂着浅浅的笑。“住到这里以后，空闲的时间多了，偶尔我还会想起我妈，但想到的都是她的好。想起有一次我看见别人穿红裙子，羡慕得不得了，回家就跟我妈要。她当时没有给买，但是那年过年的时候，她给我做了一件。后来我才知道，那件红裙子是她拆了自己结婚时候的衣服做的。有时候我也觉得挺纳闷的，怎么她在的时候，我想的都是她对我不好的地方，却从来想不到她对我好。”

高婶怎么也没有想到过去那一件件让她耿耿于怀的事情，就这样轻而易举地释怀了。她说：“我要是早一点知道这些就好了，心里带着仇恨过的那些年，自己没有一天是真正快乐的。”

曾经以为，人生漫漫，我们会遇到很多人，会发生数不清的恩怨纠葛。这些记忆在年轻的时候，或许会让我们感到痛苦难耐，想要逃离解脱，但是当到了一定的年龄，在驻足回望时，才发现生命如此短暂，而人记忆和情感的容量又是有限的，我们只有把那些痛苦的回忆删掉，才能学会如何去释怀和原谅。

后 记

剩下的，就是我们年轻人的反思

我还记得有一年，我的爷爷因为舍不得倒掉残羹冷炙而被大家嫌弃的情景，一盘黑兮兮的鱼掺杂着一堆黑兮兮的茄子，盘子上晃着零星的油渍，谁也不愿与他共餐。

我还记得有一年，我的奶奶因为阶级成分被刺激得许久讲不清楚话，神志不清的时候却念念耳语，谁也不愿聆听。

我还记得有一年，我的爷爷身着军装，义正词严，保家卫国，誓死效忠的样子，尽管那时他早已从战场上退下，腿上胳膊上还留着骄傲的伤。

我还记得有一年，我的奶奶守着昏黄的油灯，坐在炕上纳鞋底，尽管那时她那被日本人用刺刀划伤过的眼睛已经更加昏花。

我还记得有一年，我的爷爷拿着扫帚驱赶着小毛驴，驱赶着小马，驱赶着大黄牛时的场景，一辆不怎么现代化的老车，是他最钟爱的宝贝。

我还记得有一年，我的奶奶嘴里吵着要把我送回父母身边，却把当时最好吃的食物都端到我的面前。

我还记得有一年，我的爷爷作为学校唯一一位会外语的教师而被尊重，又因书生气质而显得稍有阴柔之气，年纪不大就患了病。

……

有一天，我问一位老人，您是几几年出生的？

他尴尬地笑着，不知道怎么回答，九十高龄的他好像早已把年代忘在脑后，好像讲述出来的都是别人的，或者上世纪的故事。

后来，老人告诉我，像他这般大的同伴们，就剩下他自己了。

我才意识到，爷爷奶奶这辈人，正在如同他们的记忆，他们的故事一样，一个个无声无息地离去。最终，化作历史，沉淀在黄土里。

这一代人，是时代变迁的见证者，是幸福安康的见证者，是人性光辉的见证者，是掌握胜利的见证者，是经历过人间地狱也享受过人间天堂的一代人。可是，旧时代即将过去，新时代的人将以我们难以理解的速度赶超他们，把他们无情地赶到时光的边缘，一个不小心就能挤掉一个。

可是，我们始终不能忘却，那些艰苦难耐的日子，这代人是如何咬紧牙关坚持过来的，那种虽无大本领却硬要顽强地对抗命运的意志力，是值得我们所敬佩的；我们始终不能忘却，那些迷茫失措的日子，这代人是如何坚定真理，言而有信地做人的，那种虽不能雄霸天下却谦虚处事的大智慧，是值得我们学习的；我们始终不能忘却，那些羞于表达的日子，这代人是如何靠着真情和长久的陪伴共度的，那种不要钻石鲜花大房子却宁可许一世的婚约，是值得我们尊重的。

这代人身上有太多的智慧和本领需要我们去学习，可他们的时日不多了。借由这次机会，我们深入到老人的世界当中，恍惚自己就是他们的孙子孙女，面对着自己的爷爷奶奶，一起回顾往昔。偶尔，陪他们哭泣；偶尔，又陪他们傻笑。

在此，感谢河北省三河市厚德养护康复托管院、三河市五福托老院、三河市社区居家养老服务中心的全体员工和志愿者的大力配合；感谢李学岩院长、廖清院长、孙大伟院长对采访工作的安排和支持；感谢无数愿意讲述自己一生传奇的老人们，让我有机会将这些即将封存的记忆重新召唤，最终呈现于世人面前。

年岁不饶人，残酷的岁月痕迹早已爬满了他们的脸庞，但当他们说起往日时，仍是一副当年勇的样子。不管是不是有过遗憾，是不是有过痛苦，他们都已经放下了。

剩下的，就是我们年轻人的反思。

采访了这么多老人，遗憾的事情谈了不少，释怀的事情也谈了很多。可是，**有些遗憾不必非要等老了再感慨，有些释怀也不必非要等老了再感悟。我们对待父母和老人的态度，或许聪明如你，在文中就找到答案了。**